GOLDMANN

Von Francis Durbridge
sind außerdem als Goldmann-Taschenbücher lieferbar:

Tim Frazer (3064)
Melissa (3073)
Tim Frazer und der Fall Salinger (3132)
Kommt Zeit kommt Mord (3140)
Der Andere (3142)
Das Halstuch (3175)
Mr. Rossiter empfiehlt sich (3182)
Paul Temple und die Schlagzeilenmänner (3190)
Paul Temple jagt Rex (3198)
Es ist soweit (3206)
Im Schatten von Soho (3218)
Ein Mann namens Harry Brent (4035)
Paul Temple – Der Fall Kelby (4039)
Paul Temple – Banküberfall in Harkdale (4052)
Die Kette (4788)
Tim Frazer weiß Bescheid (4871)
Wer ist Mr. Hogarth? (4938)
Die Puppe (4940)
Der Hehler (5018)

FRANCIS

DURBRIDGE

Die Kette

A GAME OF MURDER

Kriminalroman

GOLDMANN VERLAG

Made in Germany · 12/87 · 5. Auflage

Aus dem Englischen übertragen von Wulf C. Bergner
Umschlaggestaltung: Design Team München
Umschlagillustration: Design Team München
Druck: Elsnerdruck, Berlin
Krimi 4788
AB/Herstellung: Voi.
ISBN 3-442-04788-9

Die Hauptpersonen

Tom Dawson	Besitzer eines Sportgeschäftes
Harry Dawson	sein Sohn, Kriminalbeamter
Nat Fletscher	Kriminalbeamter
Hal Yardley	Chefsuperintendent
Douglas Croft	Angestellter
Liz Mason	Angestellte
Mrs. Rogers	Haushälterin
Hubert Rogers	ihr Neffe
Peter Newton	Immobilienhändler
Judy Black	seine Freundin
Linda Wade	Callgirl
Sidney Heaton	Besitzer einer Tierhandlung
Arnold Conway	Geschäftsmann
Sybil Conway	seine Frau
Marty Smith	Gangster

Die Handlung spielt in London

1

Douglas Croft parkte seinen Wagen in einer Seitenstraße, sah nach, ob Türen und Kofferraum abgeschlossen waren, und ging die fünfzig Meter zur Finchley Road zurück. Anstatt den nächsten Fußgängerüberweg zu benützen, wartete er eine Gelegenheit ab, die Straße trotz des morgendlichen Stoßverkehrs zu überqueren. Er erreichte die andere Straßenseite genau vor einem Schaufenster voller Sportgeräte. Über den Schaufenstern und dem Eingang verkündete das Band einer Lichtreklame: Sport Dawson.

Die Neonlampen, die nachts als Einbrecherschutz brannten, waren noch eingeschaltet. Als Douglas die Ladentür aufschloß, kam eine junge Frau den Gehsteig entlang. Er öffnete die Tür und ließ seiner Kollegin den Vortritt.

»Morgen, Liz. Hast du den Chef gestern abend im Sportprofil gesehen?«

»Nein.« Liz schüttelte den Kopf und sah zu den Großfotos hinüber, die den Schaufensterhintergrund bildeten. Sie alle zeigten Tom Dawson auf dem Höhepunkt seiner sportlichen Laufbahn, als er Rugby- und Kricketnationalspieler gewesen war und bei den englischen Amateurgolfmeisterschaften den zweiten Platz belegt hatte. »Gestern habe ich keine Zeit gehabt, mir die Sendung anzusehen. Ich habe für die Schwimmeisterschaften trainiert.«

Douglas folgte ihr in den Laden und schloß die Tür von innen ab, weil die Geschäftszeit erst in zehn Minuten begann. Er holte die Post aus dem Briefkasten und ging hinter Liz Mason her in das kleine Büro, das an den Laden anschloß. Dabei bewunderte er wieder einmal ihre schlanke

Figur und ihren graziösen Gang. Mit neunzehn glich Liz einer Blume, die wunderbarerweise trotz des Londoner Smogs erblüht war.

»Wie hat Mr. Dawson gewirkt?« erkundigte sie sich jetzt. »Er war wohl nervös, was?«

Douglas lachte. »Der doch nicht! Ausgesprochen telegen, wenn du mich fragst. Wahrscheinlich kriegt er bald eine eigene Show.«

»Um Himmels willen!« rief Liz aus. Sie ließ ihren leichten Mantel von den Schultern gleiten und hängte ihn hinter die Tür.

Douglas warf die Post auf den Schreibtisch und betätigte die Schalter für die Innenbeleuchtung und die Punktscheinwerfer in den Schaufenstern. Sie beleuchteten eine Reihe glitzernder Golfschläger, Tennisausrüstungen, teure Freizeitkleidung, gelbe Segleranzüge, Wasserski und ein Bücherregal mit Lehrbüchern über alle möglichen Sportarten vom Kegeln bis zur Großwildjagd.

»Einmal habe ich allerdings lachen müssen«, berichtete Douglas weiter. Er fuhr sich mit der Hand durch sein blondes Haar. »Als der Interviewer seinen Sohn als den ›robusten kleinen Senkrechtstarter von Scotland Yard‹ bezeichnet hat.«

»Das ist doch Unsinn! Harry ist nicht robust – jedenfalls nicht so wie sein Vater.«

Liz hatte ziemlich laut gesprochen. Douglas legte warnend den Zeigefinger auf die Lippen und deutete nach oben. Aus dem Büro führte eine Wendeltreppe in den ersten Stock hinauf, wo Tom Dawson mit seinem unverheirateten Sohn wohnte.

»Glaubst du, daß sie das gehört haben?« flüsterte Liz.

»Nein. Die Tür oben ist immer zu. Aber ich bekomme von Mr. Tom Dawson was zu hören, wenn ich die Post nicht sortiere, bevor er erscheint.«

Hätte Douglas Croft in diesem Augenblick durch die Zimmerdecke in den ersten Stock hinaufblicken können, hätte er gesehen, daß er reichlich Zeit hatte. Tom Dawson und sein Sohn saßen noch in der Eßnische in einer Ecke des großen Wohnraums beim Frühstück.

Als Tom Dawson vor einigen Jahren dieses Haus gekauft hatte, ließ er es innen völlig umbauen. Im Erdgeschoß war ein hochmoderner Laden entstanden, und der erste Stock bot genügend Platz für ihn, seinen Sohn und ihre Haushälterin.

Das Wohnzimmer war geschmackvoll und bequem möbliert, aber der Gesamteindruck war etwas nüchtern, weil alles seinen Platz und seinen Zweck hatte. Es gab keinen überflüssigen Zierat, keine Blumenvasen und keine Kunstgegenstände in Regalen oder auf dem Kaminsims. Die Vitrine mit Tom Dawsons zahllosen Silberpokalen war eher als ständige Herausforderung gedacht und weniger als Dekoration.

Harry Dawson machte zu diesem Zeitpunkt nicht gerade den Eindruck, den der Fernsehkommentator hatte erwekken wollen. Er trug ein offenes Sporthemd, verwaschene Jeans und Pantoffeln. Vor ihm an der Teekanne lehnte die Zeitung, und er war eben bei der dritten Tasse.

Tom Dawson beobachtete seinen Sohn von der Seite und lächelte stolz. Der Junge hatte seinen Körperbau geerbt; er war groß, gut proportioniert und kräftig. Aber er sah auch seiner Mutter ähnlich. Das schwarze Haar, die bei dieser Haarfarbe so ungewöhnlichen blauen Augen und das schmale, energische Gesicht hatte er von ihr geerbt. Tom war überrascht gewesen, als Harry ihm erklärt hatte, er wolle zur Metropolitan Police gehen; aber inzwischen war er davon überzeugt, daß sein Sohn es mit spätestens vierzig

Jahren irgendwo zum Polizeichef bringen würde.

Jetzt sprach er ihn an. »Du bist so richtig urlaubsreif, was?«

»Weil ich sonst beim Psychiater auf der Couch gelandet wäre, meinst du?« Harry schob seinen Stuhl zurück und reckte sich gähnend. »Ich muß sagen, daß es ein wunderbares Gefühl ist, zwei Wochen lang nicht zum Dienst zu müssen. Vierzehn Tage ohne den alten Yardley!«

Tom Dawson spürte, wie verbittert sein Sohn war. »Ich habe den Eindruck, daß du in letzter Zeit Meinungsverschiedenheiten mit dem Superintendenten hast, Harry.«

»Chefsuperintendent, wenn ich bitten darf! Darauf legt er größten Wert. Oh, ich komme einigermaßen mit ihm aus – aber er nicht mit mir. Andererseits ist Yardley kein übler Bursche, nur ein nervöser und jähzorniger alter Esel.«

Tom Dawson nickte mitfühlend. Er stand auf und trat an den großen alten Mahagonischreibtisch zwischen den beiden Fenstern des Wohnzimmers. Dort standen zwei Telefone: eines für Orts- und Ferngespräche, das andere als Verbindung mit dem Laden im Erdgeschoß. Die Papiere auf dem Schreibtisch zeigten, daß er die meiste Büroarbeit hier oben erledigte. Wer sah, wie leicht er sich bewegte, hätte nie vermutet, daß Tom Dawson bereits Anfang sechzig war. Er hatte sich so gut gehalten, weil er stets auf die schlanke Linie geachtet hatte, um zu verhindern, daß sein muskulöser Körper Fett ansetzte.

»Übrigens noch was, Dad.« Harry trank seinen Tee aus und faltete die Zeitung zusammen. »Ich hab' mir die Sache mit der Urlaubsreise überlegt. Ich würde lieber hierbleiben, mich zu Hause erholen und vielleicht ein bißchen im Laden helfen, wenn's dir recht ist.«

»Klar«, antwortete Tom und versuchte, sich nicht anmerken zu lassen, wie sehr er sich über diese beiläufige Mitteilung seines Sohnes freute. Obwohl er seit zwölf Jahren Witwer war, hatte er sich noch immer nicht ans Alleinsein gewöhnt und fühlte sich oft schmerzlich einsam. »Wie du willst, Harry.«

Er streckte die Hand nach dem Haustelefon aus, nahm den Hörer ab und drückte auf den Rufknopf. Nach einigen Sekunden meldete Douglas Croft sich im Büro. Seine Stimme klang im Telefonhörer nasal, fast blechern.

»Guten Morgen, Mr. Dawson.«

»Morgen, Douglas.« Tom Dawsons Stimme war tief und kräftig. »Ich bin voraussichtlich den ganzen Tag fort. Falls Harris Brothers anrufen, vertrösten Sie sie auf morgen. Ich rufe morgen zurück.«

»Gut, wird gemacht.«

Unten im Büro blätterte Douglas rasch die eingegangene Geschäftspost durch und versuchte zu entscheiden, ob etwas dabei war, das der Chef sofort wissen mußte.

»Hier ist . . .«

»Ja?«

»Hier ist die Antwort von Allied Sports. Nicht sehr befriedigend, fürchte ich.«

»Was schreiben sie denn?« Tom Dawson hörte Douglas mit Papier rascheln und sich räuspern. »Nein, lesen Sie mir den Brief nicht vor«, wehrte er ab. »Bringen Sie ihn lieber herauf. Und noch was, Douglas – ich brauche ein paar Golfbälle. Bringen Sie ein halbes Dutzend Dunlop fünfundsechzig mit.«

Er legte den Hörer auf, kam an den Frühstückstisch zurück und nahm wieder Platz. Obwohl er seinen Sohn nicht ansah, spürte er Harrys forschenden Blick.

»Mit wem spielst du heute, Dad?«

»Wie bitte? Oh . . . äh . . . eigentlich mit niemand. Ich bin in letzter Zeit nicht mehr so gut in Form, weißt du. Ich wollte ein bißchen trainieren.«

»Wunderbar!« rief Harry begeistert aus. »Ich hab' mir für heute noch gar nichts vorgenommen.«

»Hm?«

»Ich spiele gegen dich.«

Tom Dawson zog die Augenbrauen zusammen, und Harry hatte den Eindruck, als sei er unter seiner Sonnenbräune etwas rot geworden.

»Oh, vielen Dank, Harry, aber ich . . .«

»Das hab' ich mir gedacht«, unterbrach sein Sohn ihn lächelnd.

»Was hast du dir gedacht?«

»Heraus mit der Sprache! Wer ist der geheimnisvolle Golfpartner?«

Tom Dawson erwiderte zögernd seinen Blick. »Ihr verdammten Kriminalbeamten!«

»Na, du hast dir wohl ein junges Püppchen angelacht?«

Harrys Grinsen verschwand, als er sah, daß sein Vater plötzlich ernst geworden war.

»Du traust mir hoffentlich mehr Geschmack zu, mein Junge«, sagte Dawson. Als Harry erwartungsvoll schwieg, zuckte er mit den Schultern. »Na ja, ihr müßt euch ohnehin irgendwann kennenlernen. Kommst du mittags ins Klubhaus, Harry? Bis dahin sind wir fertig. Dann können wir uns bei einem Drink unterhalten. Einverstanden?«

»Danke, ich komme gern«, antwortete Harry bereitwillig. »Soll ich mich lieber umziehen, um . . .«

Er wurde unterbrochen, als Mrs. Rogers an der Wohnzimmertür erschien und sich die Hände an ihrer Schürze abtrocknete.

Die Haushälterin der Dawsons hatte sich schon öfters als resolute Person erwiesen, die den beiden Junggesellen nicht viel durchgehen ließ. Aber davon konnte jetzt keine Rede mehr sein. Sie hatte Kummerfalten um Augen und Mund, und ihre ganze Erscheinung wirkte deprimiert.

»Möchten Sie noch etwas Toast, Mr. Harry?«

»Nein, danke, Mrs. Rogers.« Er stand auf. »Wir sind fertig, falls Sie abdecken möchten.«

Mrs. Rogers nickte und kam an den Tisch.

»Sie haben wohl noch nichts von Ihrem Hund gehört?« erkundigte Tom Dawson sich.

Harry wandte sich resigniert seufzend ab, aber Mrs. Rogers vergaß, was sie hatte tun wollen, und ging bereitwillig auf die Frage ein.

»Nein, leider nicht, Mr. Dawson. Ich habe gestern abend den Tierschutzverein angerufen, aber auch dort hat mir niemand weiterhelfen können.« Sie schüttelte trübselig den Kopf. »Immer das gleiche alte Lied – niemand will belästigt werden, niemand kümmert sich um Dinge, die ihn nicht selbst angehen.«

»Doch, wir kümmern uns darum, Mrs. Rogers«, warf Harry irritiert ein. »Wir tun, was wir können.« Er griff nach seiner Zeitung, schlug sie auf und zeigte ihr eine Seite. »Hier ist die Suchanzeige, die ich aufgegeben habe – sogar mit Foto!«

Mrs. Rogers hatte Tränen in den Augen, als sie das Foto betrachtete. Es zeigte einen viel zu dicken Pudel, der ein prächtig verziertes Halsband trug. Darunter stand in großer Schrift: WER HAT ZERO GESEHEN?

»Ja, ich weiß, daß Sie alles Menschenmögliche tun, Mr. Harry. Ich hab' auch nicht Sie gemeint.« Mrs. Rogers fuhr sich mit einem Taschentuch über die Augen. »Aber Zero ist vor fast einer Woche verschwunden. Und dabei hat er sein Halsband getragen.« Sie wandte sich an Tom Dawson. »Er hat das schöne Halsband getragen, das Sie ihm zum Geburtstag geschenkt haben.«

Dawson räusperte sich und sah hilfesuchend zu seinem Sohn hinüber.

»Ja . . . äh . . . Ich möchte noch etwas Tee, Mrs. Rogers«, erklärte Tom Dawson ihr plötzlich. »Würden Sie bitte eine kleine Kanne voll aufgießen?«

Mrs. Rogers richtete sich auf wie ein Soldat, den sein Sergeant zur Ordnung gerufen hat. Sie nickte steif und verschwand in Richtung Küche.

»Dieser verdammte Pudel!« rief Dawson aus, sobald sich die Tür hinter ihr geschlossen hatte. »Das Dumme ist nur, daß sie glaubt, du müßtest ihn einfach so finden können.« Tom schnalzte dabei mit den Fingern.

»Ja, ich weiß«, bestätigte Harry. »In ihren Augen bin ich bestimmt der schlechteste Detektiv von ganz England.«

Dann kamen Schritte die Treppe vom Laden herauf. Douglas Croft klopfte an und steckte den Kopf durch die Tür.

»Darf ich hereinkommen?«

»Ja, natürlich. Herein mit Ihnen, Douglas!«

Der blonde junge Mann lächelte Harry zu. »Guten Morgen, Harry.«

»Morgen, alter Junge.« Harry nickte, nahm seine Zeitung mit und ließ sich in einen Sessel fallen.

Douglas stellte die Schachtel Golfbälle auf den Schreibtisch und gab Tom Dawson einen Brief aus der Mappe unter seinem Arm.

»Sie sind gestern abend im Fernsehen gut angekommen, Mr. Dawson«, sagte er dabei.

»Finden Sie?« fragte sein Chef sichtlich geschmeichelt.

Douglas nickte nachdrücklich. »Das bringt uns bestimmt ein paar neue Kunden.«

In der Küche zerschellte etwas auf dem Boden, dann folgte ein schriller Schreckensschrei. Tom Dawson erriet, daß das die Teekanne gewesen ist. Douglas zuckte zusammen, griff in seine Mappe und gab Dawson ein zweites Schreiben.

»Die Antwort von Allied Sports ist wirklich nicht sehr befriedigend«, stellte Tom Dawson fest.

»Hier ist die Antwort von Houston«, erklärte Douglas ihm. »Er will vorbeikommen und mit Ihnen sprechen . . .«

»Da gibt's nichts zu besprechen!« lehnte Dawson energisch ab. »Die Tennisschläger waren minderwertig. Folglich muß er sie zurücknehmen.«

Douglas fiel auf, wie ungeduldig der Chef an diesem Morgen war. »Sie haben mir einen Zettel hingelegt, ich sollte bei Swim-Dive anrufen. Aber ich weiß nicht, weshalb, Mr. Dawson.«

Tom Dawson las noch immer den zweiten Brief. »Wie bitte? Oh, richtig. Das ist schon erledigt, Douglas. Ich habe das selbst gemacht.«

Der junge Mann zögerte. »Und hier haben Sie noch etwas anderes notiert.« Er hielt die Mappe schräg, um das Geschriebene besser lesen zu können. »Anscheinend eine Autonummer.«

Dawson hob ruckartig den Kopf. »Eine Autonummer?«

»Ja, hier steht sie – JKY drei-acht-vier L.«

»Keine Ahnung, was das heißen soll«, wehrte Dawson irritiert ab. »Am besten fragen Sie Liz danach. Wahrscheinlich hat sie sich die Nummer notiert. Dieser Brief ist eine Unverschämtheit! Dabei weiß Houston genau, daß er Schund geliefert hat!«

Dawson las den Brief noch mal, als Mrs. Rogers zerknirscht ins Wohnzimmer zurückkam.

»Guten Morgen, Mrs. Rogers«, begrüßte Douglas Croft sie lächelnd.

»Oh!« Die Haushälterin war überrascht, weil sie sich jetzt

drei Männern gegenübersah. »Guten Morgen, Mr. Croft.«

»Haben Sie schon von Zero gehört?« erkundigte Douglas sich – und merkte an Dawsons Blick, daß er damit ins Fettnäpfchen getreten war.

»Nein, leider nicht, Mr. Croft. Ich war schon beim Tierschutzverein, aber auch dort interessiert sich anscheinend niemand für diesen Fall. Und obwohl Zero in der Zeitung abgebildet war, hat sich noch niemand gemeldet. Das verstehe ich einfach nicht; er hat doch sein schönes Halsband getragen, das er . . .«

Die Haushälterin war wieder voll in Fahrt. Tom Dawson überließ es Douglas Croft, sie zu beschwichtigen, und setzte sich seinem Sohn gegenüber. Die beiden Männer wechselten einen verständnisvollen Blick.

»Jetzt geht's wieder los!« flüsterte Harry.

*

Harry Dawson ließ sich Zeit, als er zum Westgate Golf Club fuhr; es war noch nicht zwölf Uhr, und er wollte nicht zu früh ankommen. Er spürte, daß dieses Treffen für seinen Vater sehr wichtig sein würde. Vielleicht wurden dabei nur geschäftliche Dinge besprochen – Tom Dawson hatte schon viele Geschäfte nach einer Partie Golf im Klubhaus abgeschlossen –, aber Harry hatte einen anderen Verdacht. Falls es sich wirklich um eine Frau handeln sollte, konnte er nur hoffen, daß sein Vater sich nicht in ein junges Mädchen verknallt hatte. In seinem Alter wirkte so etwas manchmal peinlich.

Der vertraute Ton einer Sirene riß ihn aus seinen Gedanken. Im Rückspiegel erkannte er einen Krankenwagen mit eingeschaltetem Blaulicht, der rasch zu ihm aufschloß. Harry hielt am Straßenrand, ließ den linken Blinker eingeschaltet und fuhr erst weiter, nachdem der Krankenwagen ihn überholt hatte.

Harry folgte ihm langsamer und sah den anderen Wagen bremsen, knapp vor einem Lkw abbiegen und durchs Tor des Westgate Golf Clubs verschwinden. An der gleichen Stelle mußte er längere Zeit warten, bis er eine Lücke im Gegenverkehr zum Abbiegen ausnutzen konnte. Er trat das Gaspedal durch, als er die Allee zum Klubhaus vor sich hatte. Und er hätte nicht sagen können, ob er es als Sohn oder als Kriminalbeamter so eilig hatte.

Der Krankenwagen hielt vor dem Haupteingang des Klubhauses. Einer der weißgekleideten Männer war ausgestiegen und sprach mit dem Klubsekretär. Commander Whitby zeigte auf den Golfplatz hinaus. Harry sah, daß er weit ausholte, um dem anderen den Weg zu zeigen, den die zur Platzpflege benötigten Fahrzeuge benützten.

Als der Sanitäter wieder einstieg und der Krankenwagen davonfuhr, lief der Klubsekretär zu seinem Kombi. Bevor er ihn erreichte, hielt Harrys Austin 1100 neben ihm. Der Sekretär sah sich um und atmete erleichtert auf, als er sah, wer der Fahrer war.

»Ah, Mr. Dawson! Gott sei Dank, daß Sie gekommen sind!«

Harry öffnete die Tür und wollte aussteigen. »Warum? Was ist passiert?«

»Es handelt sich um Ihren Vater.« Whitby wich Harrys Blick aus. »Er . . . er hat einen Unfall gehabt.«

»Wie meinen Sie das?«

»Soviel wir wissen, hat er drüben am sechsten Grün trainiert und . . . nun, Sie wissen ja, wie steil das Gelände dort zum Bach hin abfällt . . .«

»Was ist passiert?« unterbrach Harry ihn scharf.

»Ein Ball hat ihn getroffen. Er scheint Ihren Vater mit voller Wucht am Hinterkopf getroffen zu haben, so daß er . . . Zum Glück war Dr. Roach im Klubhaus. Er ist sofort hinausgefahren und hat . . .«

»Wie schlimm steht es?« fragte Harry mühsam beherrscht. »Wie sieht's aus?«

»Nun, Dr. Roach war bei ihm, als ich zurückgekommen bin, um den Krankenwagen anzufordern, aber ich fürchte, daß . . . Er hat sich den Kopf an einem Stein im Bachbett angeschlagen.«

»Los, steigen Sie ein!« forderte Harry ihn impulsiv auf. »Ich fahre hinterher!«

Der Sekretär stieg hastig ein. Harry folgte dem Krankenwagen, ohne darauf zu achten, wie die holperige Fahrspur seine Stoßdämpfer strapazierte. Der Krankenwagen war bereits im hügeligen Teil des Geländes verschwunden, aber Harry wußte auch so, wohin er zu fahren hatte. Die beiden Männer schwiegen, bis sie über eine kleine Anhöhe kamen und das sechste Grün unter sich hatten.

Das sechste Grün lag in einer kleinen Mulde, so daß es von dem etwa hundertsiebzig Meter entfernten Abschlagplatz nicht zu sehen war. Der Spieler durfte nicht zu kurz oder zu weit schlagen. Schlug er zu kurz, warteten mehrere Sandgruben auf den Ball; schlug er zu lang, riskierte er, daß der Ball ins steile Bachbett hinter dem Grün geriet.

Aus diesem Bachbett brachten die Sanitäter eben eine leblose Gestalt herauf.

Dr. Roach kauerte im Gras und packte Instrumente in seine Arzttasche, die er immer im Kofferraum seines Wagens stehen hatte. Er sah auf, als Harry die Autotür zuknallte und rasch auf ihn zukam. Harry hatte bei einem Golfturnier gegen Roach gespielt und fand den grauhaarigen kleinen Arzt ausgesprochen sympathisch.

»Wie schlimm steht es mit ihm, Doktor?«

Der Arzt kam mühsam hoch und warf Harry einen mitleidigen Blick zu.

»Tut mir aufrichtig leid, Mr. Dawson, aber Ihr Vater ist tot. Er muß an den Folgen des Sturzes gestorben sein.«

Als Kriminalbeamter hatte Harry schon viele Tote gesehen, aber als er vor der leblosen Gestalt mit dem blutigen Haar und dem verzerrten Gesicht stand, mußte er sich mühsam beherrschen.

»Tot?« fragte er ungläubig.

»Er muß sofort tot gewesen sein«, bestätigte Dr. Roach. »Der Golfball muß ihn betäubt haben, so daß er ins Bachbett gefallen ist. Dort liegen alle Steine frei, weil der Bach so wenig Wasser führt. Er ist offenbar gegen einen der größeren Steine gefallen. Ich glaube nicht, daß er überhaupt etwas gespürt hat . . .«

Harry trat zur Seite, um die Sanitäter vorbeizulassen. Sie brachten eine Tragbahre mit, auf die sie den Toten legten. Er starrte auf das verzerrte Gesicht, bis einer der Männer es zudeckte.

Erst dann hob Kriminalinspektor Dawson den Kopf, um seine Umgebung zu betrachten.

Die Sonne war inzwischen hinter den Wolken hervorgekommen und beleuchtete den blühenden Ginster links neben dem Grün. Tom Dawsons Golftasche lag im Gras am Rand des Grüns; einige der neuen Golfbälle waren aus ihrem Fach gefallen. In respektvoller Entfernung hatten sich mehrere Spieler versammelt, die auf den Krankenwagen aufmerksam geworden waren. Etwas abseits stand ein etwa dreißigjähriger Mann, der sich im Flüsterton mit dem Sekretär unterhielt. Er war auffällig modisch gekleidet, als mache er Reklame für Golfkleidung; aber er sah gut genug aus, um sich das leisten zu können.

Im Augenblick war er jedoch nervös und bedrückt. Er kam zögernd auf Harry zu.

»Mr. Dawson, ich möchte Ihnen sagen, wie . . . Mein

Gott, was würde ich dafür geben, wenn . . .«

Harry beobachtete, wie die Tragbahre mit der leblosen Gestalt in den Krankenwagen geschoben wurde.

»Wer sind Sie?« fragte er den anderen.

»Ich heiße Peter Newton. Ich habe vormittags trainiert. Ich habe . . . ich wollte vom achten Abschlagplatz aus schlagen, aber der Schlag war schief angesetzt . . .«

»Vom achten Abschlagplatz aus?«

»Ja. Ich habe versucht, diesen Fehler zu korrigieren . . .«

Harry winkte ab und wandte sich an den Klubsekretär.

»Haben Sie die Polizei benachrichtigt?«

»Die Polizei?« wiederholte Whitby erstaunt.

»Richtig«, bestätigte Harry. Als er sah, daß der Commander zögerte, fuhr er ihn an: »Verdammt noch mal, schließlich ist hier jemand umgekommen!«

Der Klubsekretär nickte stumm, wandte sich ab und hastete davon.

Erst jetzt starrte Harry den jungen Mann an.

»Wo ist sein Partner?«

»Entschuldigung?«

»Sein Spielpartner. Wo ist er?«

Peter Newton zuckte hilflos mit den Schultern, so daß die Golfschläger in seiner Schlägertasche klapperten.

»Soviel ich weiß, war Ihr Vater allein.«

»Wissen Sie das bestimmt?«

»Ich habe jedenfalls niemand gesehen. Als ich gemerkt habe, wohin der Schlag gehen würde, habe ich versucht, ihn zu warnen. Aber er hat mich anscheinend nicht gehört. Sie können sich vorstellen, wie mir zumute war, als ich gesehen habe, daß ich ihn getroffen habe . . . Ich bin sofort hergelaufen. Er hat dort unten im Bachbett gelegen. Sein Kopf war . . .«

»Und bei ihm war also niemand?«

Peter Newton schüttelte den Kopf. »Nein, Mr. Dawson. So etwas Schreckliches ist mir noch nie passiert! Ich meine, ich habe nur . . .«

Harry wandte sich ab. »Sparen Sie sich Ihre Erklärungen, Mr. Newton. Heben Sie sie für die Polizei auf.«

Zehn Meter von ihnen entfernt wurde die Hecktür des Krankenwagens zugeschlagen, und das Geräusch schien Harrys Aufforderung zu unterstreichen.

*

»Ein Unfall!« sagte Harry Dawson. »Er hat ständig von einem Unfall geredet. Dieser verdammte Inspektor! Wie will er das zu diesem Zeitpunkt wissen? Ich habe versucht, ihn zu überzeugen, Nat, aber . . .«

»Aber er hat dich aufgefordert, dich um deinen eigenen Kram zu kümmern, stimmt's?«

»Ja, so ungefähr. Bist du so nett und versuchst, ihm gut zuzureden?«

»Ja, natürlich.« Nat zog seinen Notizblock zu sich heran. »Wie heißt er gleich wieder?«

»Carter. Und falls er noch immer behauptet, das sei kein Mord gewesen . . .«

»Überlaß das nur mir, Harry«, unterbrach Nat ihn beschwichtigend. »Ich melde mich dann wieder.«

»Danke, Nat.«

Harry legte auf und lehnte sich erleichtert seufzend zurück. Er saß am Schreibtisch seines Vaters, auf dem noch alles an ihn erinnerte und der jetzt im Leichenhaus lag. Nat Fletcher war Harrys Kollege und gut mit ihm befreundet. Vielleicht kam er besser mit dem pedantischen und wichtigtuerischen Carter zurecht.

Douglas Croft war während des Gesprächs die Wendeltreppe heraufgekommen und hatte gewartet, weil Harry ihm ein Zeichen gegeben hatte. Jetzt schüttelte er verwirrt den Kopf.

»Harry, glauben Sie . . . glauben Sie wirklich, daß nicht alles mit rechten Dingen zugegangen ist?«

Der Angesprochene antwortete nicht gleich. Er las die Eintragungen im Terminkalender seines Vaters, der offen auf dem Schreibtisch lag. »Richtig, Douglas, ich glaube, daß er ermordet worden ist.«

Er stand auf, trat an die Hausbar, schenkte sich einen Whisky ein und warf Douglas einen fragenden Blick zu. Aber der andere schüttelte dankend den Kopf.

»Ein Mann stirbt an schweren Kopfverletzungen«, fuhr Harry fort. »Er sollte mit irgendeinem Unbekannten Golf spielen. Diese unbekannte Person ist noch nicht gefunden. Auf einem großen Stein im Bachbett sind Blutspuren entdeckt worden.« Er machte eine Pause. »Und dann meldet sich ein Mann, Douglas . . . Ein Mann, der auf einem zweihundert Meter entfernten Abschlagplatz einen Ball angeschnitten haben will.«

»Für einen geschnittenen Ball eine ganz hübsche Strecke«, warf Douglas ein.

»Dieser Ball soll meinen Vater getroffen haben, so daß er ins Bachbett gefallen ist . . .«

»Ihren Vater?«

Die beiden Männer drehten sich überrascht um. Mrs. Rogers stand mit einer Einkaufstasche in der Hand an der Tür. Sie war kreidebleich, als spüre sie, daß sie gleich etwas Schreckliches erfahren werde.

»Kommen Sie, Mrs. Rogers. Setzten Sie sich erst einmal hin.« Harry nahm ihr die Tasche ab und versuchte, sie zu einem Sessel zu führen. Aber die Haushälterin bewegte sich nicht. »Mein Vater ist heute vormittag verunglückt, Mrs. Rogers. Draußen auf dem Golfplatz.«

»Verunglückt?« fragte sie mit schwacher Stimme.

»Ich glaube, daß er ermordet worden ist«, gab Harry zu – und mußte Mrs. Rogers im nächsten Augenblick auffangen, als sie ohnmächtig wurde. Er trug sie mit Douglas' Hilfe zum Sofa und legte ihr dort zwei Kissen unter die Beine, so daß sie höher als der Kopf lagen.

»Soll ich ein Glas Wasser holen?« erkundigte Douglas sich.

»Wie?« Harry starrte die Ohnmächtige verwundert an. »Ja, bitte. Ich hätte kaum gedacht, daß sie . . .«

Bis Douglas mit einem Glas Wasser aus der Küche zurückkam, war Mrs. Rogers bereits wieder bei Bewußtsein. Harry stützte sie, damit sie trinken konnte, aber sie wies das Glas zurück und starrte mit weit aufgerissenen Augen an ihm vorbei. Sie hatte offenbar einen Schock erlitten.

»Tot«, flüsterte sie vor sich hin.

*

Harry saß um halb zehn verkatert beim Frühstück, als es klingelte. Er überlegte, ob er das Läuten ignorieren sollte. Wahrscheinlich war das wieder einer dieser verdammten Reporter. Aber als der Besucher jetzt auch noch den Türklopfer betätigte, stand Harry seufzend auf und ging die Treppe zur Haustür neben dem Laden hinunter.

Auf der Schwelle stand ein stämmiger Mann Anfang vierzig mit kurzem Haar und hellwachem Blick. Er trug einen blauen Regenmantel, und seine ganze Haltung erweckte den Eindruck, als sei er jederzeit auf Angriff oder Verteidigung vorbereitet.

»Nat!« rief Harry erfreut aus. »Komm rauf!«

Der Stämmige nickte und folgte Harry die Treppe hinauf.

»Wie fühlst du dich heute morgen, alter Junge?«

»Noch immer wie betäubt, völlig verkatert und wütend auf die verdammten Reporter, die mir keine Ruhe lassen.«

»Ja, das kann ich mir vorstellen ...« Nat Fletcher erfaßte mit einem Blick die im Wohnzimmer herrschende Unordnung.

»Tut mir leid, aber hier sieht's schlimm aus«, entschuldigte Harry sich, weil ihm dieser Blick aufgefallen war. »Mrs. Rogers, meine Haushälterin, hat mich im Stich gelassen. Sie hat mir einen Zettel hingelegt, daß ihr geliebter Neffe Hubert die Grippe hat – ausgerechnet jetzt!«

»Nicht sehr rücksichtsvoll von ihr, daß sie dich sitzenläßt.«

»Seitdem ich erlebt habe, wie sie sich nach dem Tod meines Vaters aufgeführt hat, bin ich nicht einmal traurig, daß sie fort ist. Es war schon schlimm genug, als ihr Hund weggelaufen ist. Aber diesmal ...«

Nat räusperte sich. »Manchmal ist es am besten, wenn man seinen Gefühlen freien Lauf läßt, Harry.«

»Ja, ich weiß«, wehrte Harry ab. »Aber es gibt auch dabei verschiedene Möglichkeiten, finde ich.« Er runzelte die Stirn. »Was ist mit Inspektor Carter, Nat? Redet der Schwachkopf noch immer von einem Unfall?«

Fletcher hatte seinen Regenmantel aufgeknöpft, ohne ihn auszuziehen. Er betrachtete Harry prüfend und stellte fest, daß sein Freund abgespannt und übermüdet wirkte.

»Hör zu, Harry, wenn du Schwierigkeiten machen willst ...«

»Schwierigkeiten!« wiederholte Harry. »Mein Vater ist ermordet worden, und ich soll ...«

»Richtig, du sollst die Sache Fachleuten überlassen. Ich habe mit Carter gesprochen, Harry. Er ist weder ein Schwachkopf noch ein Mann, dem leicht etwas entgeht.«

»Was hält er von Newtons Aussage? Nimmt er ihm das etwa ab?«

»Newton hat deinen Vater überhaupt nicht gekannt«,

stellte Fletcher fest. »Er hat auf dem Golfplatz trainiert. Daß sein Ball deinen Vater getroffen hat, war reines Pech. Verdammt noch mal, nicht mal der beste Golfspieler der Welt könnte einen Mann aus zweihundert Meter Entfernung garantiert treffen!«

»Falls es wirklich so war«, wandte Harry ein. »Ist der Ball schon gefunden worden? Dann müßte sich feststellen lassen, ob er meinen Vater wirklich so getroffen hat, wie Newton behauptet. Und was ist mit dem Stein, auf den er angeblich gefallen sein soll?«

»Was soll damit sein?«

»Hast du den Autopsiebericht schon bekommen? Der Pathologe muß sagen können, ob . . .«

»Natürlich kann er das, Harry. Sein Bericht und die Laboruntersuchungen müssen zeigen, ob Newtons Aussage zweifelhaft ist. Erst dann . . .«

»Ja, ja, schon gut«, murmelte Harry. »Aber was ist mit dem Golfpartner meines Vaters?«

Nat knöpfte seinen Regenmantel bereits wieder zu. »Carter befaßt sich natürlich damit. Aber bisher hat sich noch niemand gefunden, der diese Theorie bestätigen könnte.«

»Theorie?«

»Der Golflehrer des Klubs hat sogar ausgesagt, er habe deinen Vater allein auf den Platz hinausgehen sehen«, antwortete Nat ruhig.

Bevor Harry darauf reagieren konnte, läutete das Telefon.

»Wenn das wieder ein Reporter . . .«

Nat ging bereits zur Tür; er war sichtlich froh, das Gespräch auf diese Weise beenden zu können.

»Hör zu, ich muß jetzt weiter. Ich halte dich auf dem laufenden. Okay?«

»Danke, Nat«, antwortete Harry widerstrebend. Er ärgerte sich über sich selbst, weil er seinen alten Freund so abweisend behandelte.

Das Telefon läutete immer noch, nachdem Nat Fletcher gegangen war. Harry trat an den Schreibtisch, um den Hörer abzunehmen.

Einige Meilen von ihm entfernt saß eine Frau mit dem Telefonhörer am Ohr in einer Luxusvilla bei Hampstead Heath. Sie war entschlossen, es zwei Minuten lang klingeln zu lassen, bevor sie auflegte.

Die Anruferin war Anfang fünfzig, hatte sich aber ihre gute Figur bewahrt und verdankte ihren makellosen Teint regelmäßigen kosmetischen Behandlungen. Der Raum, in dem sie saß, war das genaue Gegenteil vom Wohnzimmer der Dawsons: er war luxuriös und behaglich zugleich. Jedes Stück zeigte das Wirken einer Frau, die genug Geld hatte, um sich ihren teuren Geschmack leisten zu können.

»Hallo«, meldete sich eine Männerstimme.

Sybil Conway warf einen Blick auf ihren Notizblock. »Ist dort fünf-acht-sechs-zwei-sechs-sieben-neun?«

»Ja.«

»Mein Name ist Conway, Mrs. Conway. Ich habe Ihre Anzeige wegen des Pudels gelesen . . .«

»Richtig, die habe ich aufgegeben«, bestätigte Harry.

»Ist das Ihr Hund, Mr. . . .?«

»Dawson. Nein, er gehört meiner Haushälterin, aber ich habe die Anzeige aufgegeben. Ist der Pudel Ihnen zugelaufen, Mrs. Conway?«

»Ja.« Sie lächelte unwillkürlich. »Er sieht wie der auf dem Foto aus – nur ein bißchen zerzauster. Mein Mann hat ihn gestern abend im Garten entdeckt.«

»Von wo aus rufen Sie an, Mrs. Conway?«

»Ich bin zu Hause in Hampstead. Wir wohnen in der Villa

Stillwater in der Broadway Avenue. Das Haus ist leicht zu finden; es steht gleich an der Ecke.«

»Sind Sie heute vormittag zu Hause?«

»Ja. Wir sind den ganzen Tag hier. Sie können jederzeit vorbeikommen.«

»Danke, Mrs. Conway. Ich bin Ihnen sehr dankbar, daß Sie angerufen haben.«

Sybil Conway ließ langsam den Hörer sinken. Sie griff nach der aufgeschlagenen Zeitung mit der Suchanzeige. Das Foto zeigte den Pudel Zero mit seinem hübschen Halsband.

*

»Schon gut, Zero, schon gut!« wehrte Harry ab. »Du hast mich jetzt oft genug begrüßt!«

Der kleine schwarze Pudel hatte seine Wiedersehensfreude so stürmisch gezeigt, daß Harry ihn nur mühsam hatte abwehren können. Sein Halsband, mit dem er entlaufen war, war merkwürdigerweise verschwunden.

Mrs. Conway saß Harry auf einem Damastsofa gegenüber und hatte ihre schönen Beine übereinandergeschlagen. Arnold Conway, ihr Mann, saß in einem hochmodernen Rollstuhl, mit dem er erstaunlich beweglich war. Harry schätzte ihn auf einige Jahre jünger als seine Frau.

»Ich war natürlich ziemlich erstaunt, als ich den Hund gesehen habe«, berichtete Conway eben. »Er hat hinter einem Rhododendron gelegen und fast geschlafen. Ich habe gedacht: He, wie kommst du hierher?«

Arnold Conway wendete seinen Rollstuhl und fuhr auf die Terrassentür zu, die auf den Rasen hinausführte.

»Zero war eine Woche lang verschwunden«, stellte Harry fest. »Wir hatten schon alle Hoffnung aufgegeben, ihn jemals wiederzusehen.« Er streichelte den Pudel. »Wo hast du gesteckt, Zero? Was hast du so lange gemacht?«

»Als er entlaufen ist, hat er ein Halsband getragen, nicht wahr?« warf Mrs. Conway ein.

»Ja, ein sehr hübsches. Mein Vater hat es Mrs. Rogers zum Geburtstag geschenkt.«

Conway wendete und kam mit dem Rollstuhl zurück.

»Ich möchte wetten, daß ihn irgendein Langhaariger ins Auto gezerrt hat«, sagte er. »Dann hat er ihm das Halsband abgenommen und den Hund ausgesetzt.«

Er wollte Zero streicheln, aber der Pudel knurrte warnend. Conway lachte darüber.

»Du hast's schwer gehabt, alter Junge, aber dein Frauchen wird alles wiedergutmachen, nehme ich an.«

»Das ist das Understatement des Jahres«, versicherte Harry ihm. Er stand mit Zero im Arm auf. »Mr. Conway, in der Anzeige habe ich eine Belohnung ausgesetzt, die . . .«

»Unsinn, mein Lieber!« Conway fuhr einige Meter rückwärts. »Wir sind froh, daß der Kleine wieder nach Hause kommt.« Er schien Harry zur Tür begleiten zu wollen, aber dann hielt er plötzlich an. »Würden Sie die fünf Pfund vielleicht einer Wohltätigkeitsorganisation spenden wollen?«

»Liebling!« protestierte Sybil Conway.

»Warum denn nicht?« fragte ihr Mann. »Wozu bin ich schließlich Präsident?« Er wandte sich an Harry. »Ich leite eine Wohltätigkeitsorganisation für Nachbarschaftshilfe. Allein letztes Jahr haben wir über sechzehnhundert Pfund gesammelt.«

Harry setzte Zero ab. Der Pudel sprang sofort zu Mrs. Conway aufs Sofa.

»Natürlich, Mr. Conway. Ich spende gern etwas für Ihre Organisation.«

»Danke, Mr. Dawson. Stellen Sie den Scheck bitte auf den Namen Basil Higgs aus. Er ist unser Sekretär. H-i-g-g-s.«

Mrs. Conway streichelte Zero, der sich gegen sie drängte. Sie zeigte auf den Empire-Schreibtisch.

»Sie können dort drüben schreiben, Mr. Dawson.«

Harry zog sein Scheckheft aus der Tasche, nahm Platz und schlug das Heft auf.

»Von Basil hören Sie bestimmt noch«, sagte Conway und fuhr hinter dem Sofa vorbei. »Er schreibt Ihnen bestimmt ein paar Zeilen.«

Mrs. Conway lachte. »Sie hören bestimmt von ihm – zweimal im Jahr.«

Harry lächelte und begann, den Namen Basil Higgs zu schreiben.

*

Liz war allein im Laden, als Harry die Wendeltreppe herunterkam. Er trug noch immer seinen Mantel und schien es sehr eilig zu haben. Sie folgte ihm ins Büro, wo er sofort anfing, die Schreibtischschubladen zu durchsuchen.

»Kann ich Ihnen helfen, Mr. Dawson?«

Harry sah nicht auf. Er sortierte die Mappen aus der untersten Schublade. »Wo ist die blaue Mappe?«

»Welche meinen Sie, Mr. Dawson?«

»Douglas hat sie gestern morgen mit nach oben gebracht. Es war eine ganz gewöhnliche blaue Mappe, auf die jemand ein Autokennzeichen geschrieben hatte. JKY drei-acht-vier, glaube ich. Aber ich möchte mich vergewissern, ob das stimmt.«

Liz schüttelte den Kopf. Aber in diesem Augenblick kam Douglas Croft aus dem Keller herauf.

»Douglas, erinnern Sie sich an die blaue Mappe, die Sie gestern mit den Briefen nach oben gebracht haben?« erkundigte Harry sich.

»Ja.«

»Wo ist sie?«

Corft griff wortlos in den Korb für eingehende Post und gab Harry die blaue Mappe. Harry hielt sie schräg, um das Kennzeichen besser lesen zu können.

»Ich hab's doch gewußt!« rief er aus. Er zeigte auf die Buchstaben und Zahlen. »Hier steht JKY drei-acht-vier L, Douglas. Sie haben meinen Vater danach gefragt.«

»Ja – weil ich nicht wußte, was das bedeuten sollte. Er hat gesagt, er habe sich diese Nummer nicht notiert, aber ich bin davon überzeugt, daß das seine Handschrift ist.«

»Diese Nummer habe ich heute vormittag gesehen«, stellte Harry fest. »An einem Fiat-Kombi, als ich in der Finchley Road an einer Ampel halten mußte. Der Fiat hat neben mir gehalten, und der Fahrer hat sich offenbar mit seiner Beifahrerin gestritten. Sie war Anfang zwanzig und sehr hübsch. Als der Fahrer zur Ampel hinübergesehen hat, habe ich Peter Newton erkannt.«

»Also den Mann, der auf dem Golfplatz . . .«

»Richtig!«

»Wissen Sie das bestimmt, Harry?«

»Todsicher. Er hat einen Blitzstart hingelegt, bei dem ich das Kennzeichen deutlich erkannt habe. Es war hundertprozentig JKY drei-acht-vier L.«

Harry stand auf, holte den Band L–R des Londoner Telefonbuchs aus einem Regal und schlug unter N nach. Er fand mehrere Teilnehmer, die Peter Newton hießen, rief sie der Reihe nach an und hatte beim vierten Anruf Glück. Er erkannte die Stimme sofort wieder.

»Oh, Sie sind's, Mr. Dawson!« sagte Newton, als Harry seinen Namen nannte. »Ich habe mir schon überlegt, ob ich Sie selbst anrufen sollte.«

»Tatsächlich?«

»Ja. Um Ihnen zu sagen, wie sehr ich diese tragische Entwicklung bedaure, die . . .«

»Hören Sie, ich muß Sie sprechen, Newton«, unterbrach Harry ihn energisch. »Wo können wir uns treffen?«

»Ich ... ich arbeite bis sieben Uhr und bin dann zum Abendessen verabredet.«

»Wann kommen Sie zurück?«

»Gegen halb elf, nehme ich an.«

»Gut, ich komme also um halb elf«, entschied Harry. Nach einem Blick ins Telefonbuch fragte er: »Linton Close drei, Chelsea?«

»Ja. Aber das Haus ist nicht leicht zu finden, Mr. Dawson. Ich wohne in einer Sackgasse am Sloane Square.«

»Keine Angst, ich finde schon hin.«

»Sie können gleich heraufkommen. Ich wohne im ersten Stock.«

»Okay. Ich bin um halb elf bei Ihnen.«

Harry knallte den Hörer auf die Gabel und sah zu Douglas Croft auf. Der blonde junge Mann beobachtete ihn nachdenklich.

*

Harry hatte sich die genaue Lage von Linton Close auf einem Stadtplan eingeprägt. Im Autoradio kam die Zeitansage für zweiundzwanzig Uhr dreißig durch, als der moosgrüne Austin 1100 von Sloane Square aus in die Sackgasse abbog. Früher hatten hier Stallungen mit Wohnungen für Kutscher und Pferdeknechte gestanden; dann war eine phantasievolle Wohnungsbaugesellschaft auf die Idee gekommen, das Ganze in eine Art Dorfstraße zu verwandeln. Die Umwandlung war nicht einmal schlecht geglückt, wenn man darüber hinwegsah, daß die Erdgeschosse zahlreiche Garagentore aufwiesen.

Die Straße wurde durch einige alte Laternen nur unzureichend beleuchtet. Harry sah den Fiat-Kombi am Ende der Sackgasse stehen und parkte etwa zwanzig Meter davor.

Er zog den Zündschlüssel heraus, schloß aber nicht ab, um dem Anwohner, vor dessen Garage er stand, die Möglichkeit zu geben, den Austin wegzuschieben.

Hinter einem der beleuchteten Fenster, dessen Vorhänge zugezogen waren, spielte eine Stereoanlage Berlioz. Als Harrys Augen sich allmählich an das Halbdunkel gewöhnt hatten, erkannte er schöne alte Fenster und farbig lackierte Haustüren. Sein Blick fiel wieder auf das Kennzeichen des Fiats – JKY 384 L.

Die nächste Haustür war purpurrot lackiert. Auf ihrer glatten Oberfläche war eine Drei aus Messing befestigt. Harry ging auf Gummisohlen lautlos darauf zu. Die Tür stand einen Spalt weit offen; dahinter war es finster.

Sein als Kriminalbeamter entwickelter Instinkt sagte Harry, daß es gefährlich sein konnte, in die Dunkelheit hinter einer Haustür zu treten, solange er das Licht im Rücken hatte. Er blieb neben den Angeln stehen und stieß die Tür weit auf. Der kleine Vorraum war leer und bot keine Möglichkeit, sich zu verstecken. Eine mit einem dicken roten Läufer belegte Treppe führte in den ersten Stock hinauf, wo eine orangerote Lampe aufleuchtete, als Harry den Schalter neben der Haustür betätigte.

Harry stieg langsam die Treppe hinauf. Er spürte, wie der hochflorige Teppich seine Schritte dämpfte. Peter Newtons Wohnung lag oben rechts. Die Lampe beleuchtete Harry, als er vor der Tür wartete, nachdem er auf den Klingelknopf unter dem Namensschild gedrückt hatte.

In der Wohnung schlug ein dezenter Gong an.

Eine halbe Minute verstrich. Harry fragte sich, ob er inzwischen durch den in die Tür eingelassenen Spion beobachtet wurde. Wenn die Diele ebenfalls mit Teppichboden ausgelegt war, hatte sich jemand unbemerkt der Wohnungstür nähern können.

Er drückte mehrmals auf den Klingelknopf. Der Gong schlug dreimal nacheinander an. Harry bildete sich ein, durch die Wohnungstür einen deutlichen Parfümgeruch wahrzunehmen.

Nach weiteren zwanzig Sekunden drückte er wieder sechs-, siebenmal auf den weißen Knopf.

Draußen wurde irgendwo eine Autotür geschlossen. Nicht zugeknallt, aber nachdrücklich geschlossen. Harry sah auf seine Uhr. Fünf nach halb elf. Er beschloß, in seinem Wagen auf Peter Newton zu warten.

Harry wollte sich eben abwenden, als er ein neues Geräusch hinter der Tür hörte. In der Wohnung läutete das Telefon. Er blieb stehen, um abzuwarten, ob sich jemand melden würde. Aber das Klingeln verstummte schließlich, ohne daß jemand abgehoben hätte.

Er ging nachdenklich die Treppe hinunter.

Die Straße vor dem Haus war noch immer menschenleer. Harry stand an der Haustür und sah zu dem Fiat hinüber. Etwas Farbiges auf dem Pflaster neben dem Wagen erregte seine Aufmerksamkeit. Er ging darauf zu, bückte sich und hob ein hellrotes Seidentuch auf.

Harry roch daran. Der Duft war stark, aber er hätte nicht beschwören können, daß es der gleiche war, der ihm vor Peter Newtons Apartment aufgefallen war.

In diesem Augenblick registrierte sein Gehirn ein Warnsignal. Er spürte, wie ihm ein kalter Schauer über den Rükken lief. Im Laderaum des Kombis lag ein seltsam geformtes Bündel unter einer großen alten Decke.

Er ging um den Wagen herum und nahm sein Taschentuch heraus, um die Hecktür öffnen zu können, ohne dabei etwa vorhandene Fingerabdrücke zu zerstören. Die Tür war nicht verschlossen und ließ sich leicht öffnen.

Harry hob die Decke vorsichtig hoch. Darunter lagen eine

Golftasche, ein Golfkarren und eine Reisetasche mit Kleidungsstücken. Er atmete erleichtert auf und ließ die Decke wieder fallen.

Nachdem er die Hecktür geschlossen hatte, ging er nach vorn zur linken Tür. Das Fenster war halb heruntergekurbelt. Auf dem Sitz lagen eine Packung Zigaretten und eine Abendzeitung. Harry warf das Seidentuch mit dazu.

Inzwischen war es zwanzig vor elf. Newton war verdammt unpünktlich. Auf dem Weg zu seinem Wagen zündete Harry sich eine Zigarette an. Er rauchte nur selten, aber er hatte für solche Gelegenheiten Zigaretten in der Tasche. Eine gute Zigarette machte die Wartezeit erträglicher.

Der Beifahrersitz, wo einen weder Lenkrad noch Pedale einengten, war in solchen Fällen der bequemste Platz, wie Harry aus Erfahrung wußte. Er drehte sich nochmals nach dem Fiat um, als er die Tür seines eigenen Wagens öffnete.

Etwas Schweres, das innen an der Tür lehnte, drückte sie auf. Der Gegenstand rutschte heraus und schlug gegen den unteren Türrahmen. Als Harry nach unten sah, hatte er Peter Newtons Gesicht vor sich. Der Mund stand weit offen; die Augen starrten ins Leere.

Der Tote war vorn in den Austin 1100 geschoben worden, auf dessen Vordersitzen er selbst mit angezogenen Beinen kaum Platz hatte. Als Harry die Beifahrertür geöffnet hatte, war Newton deshalb mit Kopf und Schultern aus dem Wagen gerutscht, bis sein Kopf fast das Pflaster berührte.

*

»Was ist mit dieser jungen Frau, die Sie heute vormittag mit Newton gesehen haben? Würden Sie sie wiedererkennen?«

Chefsuperintendent Hal Yardleys Tonfall war beinahe drohend ruhig. Harry kannte seinen Vorgesetzten gut genug, um zu wissen, daß dies meistens das Vorspiel zu einem der berüchtigten »Anpfiffe« Yardleys war.

»Ja. Ich würde sie bestimmt wiedererkennen.«

»Okay. Bitte weiter, Dawson.«

»Sobald mir klar war, daß das Autokennzeichen das gleiche war, habe ich Newton angerufen und einen Besuch bei ihm vereinbart«, berichtete Harry zögernd.

»Warum?«

Diese Frage ließ sich nicht befriedigend beantworten, und Harry war sich auch darüber im klaren. Er saß neben seinem Chef in dessen Dienstwagen, der am Anfang von Linton Close parkte. Seitdem Harry Nat Fletcher in Scotland Yard angerufen hatte, waren kaum zwanzig Minuten vergangen, aber die ruhige Sackgasse, in die er um halb elf eingefahren war, hatte sich bereits gründlich verändert.

Auf der schmalen Straße parkten jetzt ein halbes Dutzend Polizeiwagen. Uniformierte Beamte hielten die Neugierigen zurück und versuchten, die Reporter und Pressefotografen, die fast gleichzeitig mit der Polizei eingetroffen waren, zu kontrollieren. Tragbare Scheinwerfer erhellten den Austin 1100 und seine nähere Umgebung. Hinter dem Wandschirm, der um das Auto und seinen makabren Inhalt herum aufgestellt worden war, beendete der Polizeiarzt eben die vorläufige Untersuchung. Die Spurensicherer hatten mit ihrer Arbeit begonnen. Ein Leichenwagen fuhr rückwärts in die Sackgasse ein, um den Toten ins Leichenhaus zu schaffen, wo die Autopsie stattfinden würde.

»Warum?« wiederholte Yardley scharf. Aber Harry dachte gar nicht daran, sich wie ein bei einem Streich ertappter Schuljunge zu benehmen.

»Ich wollte ihn verhören.«

»Sie wollten ihn verhören?« fragte Yardley ungläubig. »Sie haben genau gewußt, daß andere Kollegen sich bereits mit ihm befaßt haben, aber Sie wollten . . .«

»Entschuldigung, Sir«, unterbrach Harry ihn. »Ich bin

dabei nicht dienstlich tätig geworden.«

»Nein? Wie denn sonst, verdammt noch mal?«

»Ich habe als Sohn gehandelt – als Sohn, dessen Vater ermordet worden ist. Ich bin davon überzeugt, daß Newton meinen Vater gekannt haben muß. Und ich glaube nicht an einen Unfalltod meines Vaters, Sir.«

»Was mit Ihrem Vater war, kann ich nicht beurteilen. Aber wir wissen, daß Newton mit einer kleinkalibrigen Pistole erschossen worden ist. Der Schuß hat ihn in den Hinterkopf getroffen.« Yardley runzelte die Stirn. »Soviel mir bekannt geworden ist, haben Sie diesen Newton ziemlich vorschnell verdächtigt, Dawson. Und heute abend wollten Sie sich mit ihm treffen, ohne auch nur . . .«

Der Chefsuperintendent sprach nicht weiter, als Nat Fletcher ans offene Autofenster trat.

»Die Tatwaffe ist nirgends zu finden«, berichtete er. »Ein Teil der Männer sucht weiter. Die anderen gehen inzwischen nach oben in die Wohnung.«

»Okay.«

Nat sah unbehaglich zu Harry hinüber, bevor er Yardley einen Zettel gab. »Hier, den haben wir in Newtons Jackentasche gefunden, Sir.«

Nachdem Fletcher gegangen war, faltete der Chefsuperintendent den Zettel auseinander. Er las den Text im Scheinwerferlicht und warf Harry dann einen prüfenden Blick zu.

»Hat Newton am Telefon etwas von einem Brief gesagt, Dawson?« erkundigte er sich.

»Nein.« Harry schüttelte den Kopf. »Wie kommen Sie darauf, Sir?«

»Er scheint Ihnen einen Brief geschickt zu haben – einen Einschreibbrief. Er hat ihn heute aufgegeben. Hier ist der Einlieferungsschein.«

Harry griff zögernd danach. Yardley hatte recht: der Brief

war an ihn adressiert gewesen.

»Können Sie sich vorstellen, was der Brief enthält?«

»Nein, Sir.«

»Bestimmt nicht?«

»Natürlich nicht!« knurrte Harry, ohne daran zu denken, daß er mit einem Vorgesetzten sprach.

»Schon gut«, wehrte Yardley gelassen ab. »Morgen früh wissen wir dann mehr, Dawson.«

*

Harry konnte seit Tagesanbruch nicht mehr schlafen. Er dachte unaufhörlich an den Einschreibbrief, der von der Post gestempelt, sortiert und befördert wurde, um schließlich in der Ledertasche eines Zustellers zu landen. Aber er wußte, daß es zwecklos war, in aller Frühe zum Briefkasten zu laufen; deshalb frühstückte er erst und räumte dann auf.

Um halb neun ging er nach unten, um nach der Post zu sehen. Sie war noch nicht da, aber die Zeitung steckte im Briefkasten. Harry nahm sie mit und ließ die Haustür nur angelehnt, damit der Briefträger gleich hinaufkommen konnte.

Er war eben wieder oben angekommen, als er schwere Schritte hinter sich hörte: Chefsuperintendent Yardley polterte die Treppe herauf.

»Komme ich zu früh?« erkundigte sich Yardley. Das schien ein versteckter Tadel zu sein, weil Harry noch im Schlafanzug war.

»Nein, nein!« versicherte Harry ihm. »Kommen Sie nur herein.«

»Ist die Post schon da?«

»Noch nicht. Aber sie müßte jeden Augenblick kommen.« Harry führte seinen Chef ins Wohnzimmer und bot ihm mit einer Handbewegung einen Sessel an. »Sie hätten nicht herzukommen brauchen, Sir«, versicherte er ihm. »Ich hätte Ihnen den Brief ohnehin übergeben.«

»Ja, ich weiß.« Yardley setzte sich in den Sessel, dessen Polsterung unter seinem Gewicht zusammensackte. »Aber ich wollte mit Ihnen sprechen.«

»Bitte sehr.« Harry nahm ihm gegenüber Platz.

»Dawson, Sie haben mir gestern abend erzählt, Sie hätten Newton nicht gekannt«, sagte Yardley langsam. »Sie wollen ihn erst auf dem Golfplatz kennengelernt haben.«

»Richtig«, bestätigte Harry.

Die nächste Frage kam überraschend schnell. »Wie steht's dann mit einem Mann namens Higgs? Kennen Sie jemand, der so heißt?«

»Higgs? Nein, eigentlich nicht . . .«

Yardley griff nach seiner Brieftasche. »Ich meine einen gewissen Basil Higgs.«

»Basil?« Harry schlug sich mit der flachen Hand gegen die Stirn. Jetzt war ihm der Name wieder geläufig. »Ich habe gestern morgen einen Scheck auf den Namen Basil Higgs ausgestellt.«

»Ganz recht.« Yardley nahm ihn aus seiner Brieftasche. »Das ist er, Dawson. Ein Scheck über fünf Pfund.«

Harry ließ ihn sich geben. »Wo haben Sie den her?«

»Wir haben ihn letzte Nacht gefunden.«

»Wo?«

»In Peter Newtons Wohnung in einer Schublade.«

»Aber . . . aber ich habe ihn nicht Newton gegeben!«

»Das glaube ich, da er auf einen Mr. Basil Higgs ausgestellt ist«, bestätigte Yardley gelassen.

»Ja, aber ich habe ihn auch nicht Higgs gegeben. Ich . . . das muß ich Ihnen genau erklären, glaube ich.«

»Das glaube ich auch«, stimmte der Chefsuperintendent zu.

Harry schilderte ihm die Geschichte mit Zero, der den

Conways zugelaufen war, die auf die Anzeige hin bei ihm angerufen hatten.

»Ich bin gestern vormittag hingefahren, um den Hund abzuholen. Die Conways scheinen sehr nette Leute zu sein. Er ist leider auf den Rollstuhl angewiesen. Als ich die ausgesetzte Belohnung erwähnt habe, hat Arnold Conway vorgeschlagen, ich sollte den Fünfer einer Wohltätigkeitsorganisation zukommen lassen. Er hat mich gebeten, den Scheck auf den Namen Basil Higgs auszustellen, weil das der Sekretär ist.«

»Aha.« Yardley nahm den Scheck wieder an sich und legte ihn in seine Brieftasche zurück. »Wie ist er dann in Newtons Hände gelangt?«

»Tut mir leid, das weiß ich nicht.« Harry schüttelte den Kopf. »Das kann ich mir nicht vorstellen.«

Die beiden Männer starrten sich an, als jemand unten klingelte.

»Ist das der Postbote?« fragte Yardley und stemmte sich erwartungsvoll hoch.

»Wahrscheinlich.« Harry ging voraus.

Der Postbote war bereits die Treppe heraufgekommen. Er hatte ein Bündel Post in der Hand und hielt Harry ein Quittungsformular und seinen Kugelschreiber entgegen.

»Morgen!«

»Guten Morgen.«

»Ein Einschreibbrief für Dawson. Bitte hier unterschreiben.«

Harry unterschrieb die Quittung und nahm den langen schweren Umschlag entgegen.

»Danke.«

»Ich danke Ihnen, Sir«, antwortete der Briefträger freundlich, bevor die Tür sich schloß.

Harry legte die übrige Post auf den Tisch in der Diele und

kam mit dem Einschreibbrief ins Wohnzimmer zurück.

»Haben Sie ihn?« fragte Yardley ungeduldig.

»Ja.«

Harry trat an den Schreibtisch, griff nach dem Brieföffner und schlitzte den länglichen Umschlag auf. Er enthielt einen Zettel ohne Anschrift oder Datum, auf dem in Druckbuchstaben stand:

»Deswegen ist Ihr Vater ermordet worden.
Peter Newton«

»Deswegen ist Ihr Vater ermordet worden«, las Yardley, der hinter Harry stand, laut vor. Harry gab ihm den Zettel und riß den Umschlag ganz auf. Er mußte den in mehrere Lagen Seidenpapier gewickelten Gegenstand erst auspakken, bevor er ein Hundehalsband in der Hand hielt.

»Das ist das Halsband!« rief Harry.

»Welches Halsband?«

»Zeros Halsband, das er getragen hat, als er weggelaufen ist.«

»Augenblick!« protestierte Yardley. »Wissen Sie bestimmt, daß das sein Halsband ist?«

Harry starrte es an. »Ja, ganz bestimmt.«

»Was hat dann diese Nachricht zu bedeuten, verdammt noch mal?«

Yardley zog die Augenbrauen zusammen, während er den Text nochmals durchlas.

»Tut mir leid, das weiß ich auch nicht«, antwortete Harry achselzuckend.

»Okay.« Yardley legte den Zettel aus der Hand und zeigte auf das Halsband. »Erzählen Sie mir davon. Woher stammt es ursprünglich?«

»Das weiß ich nicht. Ich kann Ihnen nur sagen, daß mein Vater es Mrs. Rogers zum Geburtstag geschenkt hat.«

»Wann war das?«

»Vor ungefähr vier Wochen. Mrs. Rogers ist leider nicht da. Ihr Neffe hat die Grippe, und sie will sich ein paar Tage um ihn kümmern.« Harry legte das Halsband auf den Zettel. »Was kann Newton damit bezweckt haben? Und wie ist seine Mitteilung zu verstehen?«

»Das möchte ich auch wissen! Das Halsband sieht ganz normal aus. Vielleicht etwas zu sehr verziert.« Yardley machte eine Pause; dann schien er einen Entschluß gefaßt zu haben. »Ich möchte mich später noch mal mit Ihnen unterhalten, Dawson. Können Sie gegen elf Uhr in mein Büro kommen?«

»Ja«, antwortete Harry nach einem Blick auf seine Uhr. »Ich muß sowieso hin, um mir die Fingerabdrücke abnehmen zu lassen.«

»Eine Routinesache«, beruhigte Yardley ihn. »Wie Sie sich denken können, wird auch Ihr Wagen gründlich durchsucht.«

In diesem Augenblick läutete jemand. Als Harry hinausging, stand Nat Fletcher bereits auf dem Treppenabsatz. Er hatte einen großen braunen Umschlag in der Hand.

»Hallo, Nat!« Harry begrüßte seinen Freund zurückhaltend. Seit gestern abend wußte er nicht mehr genau, auf wessen Seite Nat Fletcher eigentlich stand. Anscheinend brachte ihn sein Pflichtbewußtsein dazu, sich auf Yardleys Seite zu schlagen.

»Morgen, Harry. Ist der Chef hier?«

»Allerdings. Komm rein, Nat.«

Yardley hatte offenbar nicht erwartet, daß Fletcher ihn hier aufspüren würde.

»Hallo, Nat. Was führt Sie hierher?«

»Guten Morgen, Sir. Ich komme eben aus Newtons Wohnung. Die Sache wird allmählich interessant.«

»Möchtest du eine Tasse Kaffee, Nat?« erkundigte Harry

sich in der Hoffnung, das alte freundschaftliche Verhältnis wieder herstellen zu können.

Nat schüttelte den Kopf. »Nein, danke, Harry.«

»Was verstehen Sie unter ›interessant‹?« wollte Yardley wissen.

Nat knöpfte seinen Regenmantel auf, den er stets und überall trug. Man sah, daß er letzte Nacht nur wenige Stunden geschlafen hatte.

»Wir wollten gerade aufhören, als Jackson in der Speisekammer eine Geheimtür entdeckt hat. Dahinter liegt ein kleiner, vollständig eingerichteter Büroraum.« Nat stand in der Nähe des Schreibtisches, auf den er den Umschlag gelegt hatte, und betrachtete das Hundehalsband auf Newtons Mitteilung. »Wir haben eben eine höchst amüsante halbe Stunde mit der Durchsuchung des Büros zugebracht.«

»Los, kommen Sie doch endlich zur Sache!« forderte Yardley ihn irritiert auf.

»Was habt ihr gefunden, Nat?« fragte Harry.

Fletcher sah langsam von einem zum anderen und lächelte wie ein Magier, der weiß, daß er sein Publikum gleich verblüffen wird. Dann griff er nach dem großen braunen Umschlag und leerte ihn auf der Schreibtischplatte aus.

Der Inhalt bestand aus etwa fünfzig Hochglanzfotos, die lauter verschiedene Mädchen zeigten. Akte, Halbakte. Mädchen, die sich auszogen, Mädchen in schwarzer Spitzenwäsche, Mädchen . . . Mädchen . . . Mädchen in allen nur vorstellbaren Posen.

Yardley betrachtete die Aufnahmen schweigend. Nat stand daneben und grinste, weil ihm die Überraschung gelungen war. Harry griff nach einem Foto, das eine junge Frau mit ordinärem Gesicht und tadelloser Figur zeigte.

»Die kenne ich«, sagte er. »Das ist eine Prostituierte, die vor einigen Monaten im Fall Oxford ausgesagt hat.«

Nat Fletcher nickte zustimmend. »Ich glaube, daß es sich ausschließlich um Prostituierte handelt.« Er sah zu Yardley hinüber. »Insgesamt haben wir über zweihundert Fotos gefunden, Sir.«

»Zweihundert? Hm. Unser Freund Newton muß einen sehr großen Freundeskreis gehabt haben.«

»Einen sehr merkwürdigen Freundeskreis, Sir«, verbesserte Nat ihn. »Keine Namen, keine Telefonnummern, keine Adressen, keine Details irgendwelcher Art. Nur die Fotos.«

Yardley schob sie zusammen und steckte sie wieder in den Umschlag, den er Fletcher zurückgab.

»Was hat Newton nur getrieben, Nat?« fragte er dabei.

*

An einem Werktag um elf Uhr morgens waren nur wenige Besucher in der kürzlich eröffneten großen Schwimmhalle mit ihrem Fünfzigmeterbecken. Harry Dawson saß in der ersten Reihe der linken Zuschauertribüne und beobachtete eine Schwimmerin, die eben zum drittenmal die Bahn entlangkraulte. Sie erreichte das Ende des Beckens, wendete unter Wasser und setzte auf den letzten dreißig Metern zu einem Endspurt an.

Diesmal wendete sie nicht mehr, sondern stemmte sich am Beckenrand hoch und kam aus dem Wasser. Harry bewunderte ihre vollendete Körperbeherrschung. Sie schien seinen Blick zu spüren, denn sie drehte sich um, nachdem sie ihr Handtuch vom Startblock genommen hatte. Dann kam sie lächelnd auf ihn zu.

»Hallo, Mr. Dawson.«

»Hallo, Liz.«

Sie nahm ihre Badekappe ab und schüttelte ihr Haar aus. »Ich hab' gar nicht gewußt, daß Sie auch hierher kommen.«

»Ich bin zum erstenmal hier«, gab Harry zu. »Douglas hat mir gesagt, daß Sie an freien Tagen hier trainieren.«

Liz lächelte unsicher. »Was gibt's denn, Mr. Dawson? Doch nicht etwa Probleme im Laden?«

»Ich wollte Sie danach fragen.«

Harry holte Zeros Halsband aus der Jackentasche.

»Ist das nicht Zeros Halsband?«

»Das ist die Frage Nummer eins. Können Sie's identifizieren, Liz?«

Sie wickelte sich in ihr Handtuch und griff nach dem Hundehalsband.

»Es könnte Zeros sein. Aber woher haben Sie das Halsband, Mr. Dawson? Ich dachte, Zero hätte keines mehr getragen?«

»Das spielt jetzt keine Rolle, Liz. Ich möchte nur wissen, ob mein Vater dieses Halsband gekauft hat.«

»Ja.« Liz betrachtete es von allen Seiten. »Das Medaillon sieht ein bißchen anders aus, aber ...«

»Wie meinen Sie das?«

»Ich hatte es etwas kleiner in Erinnerung.« Sie schüttelte den Kopf und gab ihm das Halsband zurück. »Nein, das ist bestimmt das gleiche Halsband.«

Harry steckte es wieder ein. »Wissen Sie zufällig, wo mein Vater es gekauft hat?«

»Ja – bei Zoo Heaton in der Valence Street.«

»Haben Sie ihm das Geschäft empfohlen?«

Liz nickte. »Wir haben eines Tages über Mrs. Rogers gesprochen. Ihr Vater wußte nicht, was er ihr zum Geburtstag schenken sollte, deshalb habe ich ein Halsband für Zero vorgeschlagen.«

Harry stand auf. »Gehen wir ins Restaurant hinüber?« schlug er vor. »Wie wär's mit einem Drink? Sie müssen Ihre verbrauchten Energien wieder ersetzen.«

»Danke, gern.« Liz nickte eifrig. »Eine Tasse Kaffee wäre schön.«

Sie gingen ins Restaurant, wo sie in der Snackbar an der Theke sitzen konnten. Liz hüllte sich wieder in ihr großes Badetuch.

»Liz, ich wollte Sie noch etwas fragen«, begann Harry unsicher. »Sie haben viel mit meinem Vater zu tun gehabt. Sie waren täglich mit ihm zusammen. Hat er jemals etwas gesagt oder getan, das . . . nun, das Sie merkwürdig gefunden haben?«

Sie antwortete nicht gleich. Während sie noch überlegte, kam die Bedienung zu ihnen. Harry bestellte zwei Kaffee. Inzwischen hatte Liz über seine Frage nachgedacht.

»Nein, mir ist nichts aufgefallen.«

»Bestimmt nicht?« fragte Harry, der den Eindruck hatte, sie verschweige ihm etwas.

»Na ja . . .« Liz zögerte. »Ich erinnere mich an etwas, das aber wirklich nicht wichtig war.«

»Erzählen Sie mir davon, Liz«, forderte Harry sie auf.

»Letzte Woche bin ich am Dienstag etwas früher als sonst vom Mittagessen zurückgekommen. Ihr Vater war im Laden, und ich glaube, daß mein Auftauchen ihn etwas überrascht hat. Ich wollte das Gespräch wirklich nicht belauschen, aber . . .«

»Bestimmt nicht«, versicherte Harry ihr. »Mit wem hat er denn gesprochen?«

»Nun, ich habe angenommen, sie sei eine Kundin.«

»Sie?«

»Ja, eine große, schwarzhaarige, sehr attraktive Frau Anfang fünfzig. Sie war sehr elegant angezogen. Als ich hereingekommen bin, hat Ihr Vater eben gesagt: ›Um Himmels willen, Sybil, dadurch wird doch alles nur schwieriger . . .‹

Dann hat er mich gesehen und ganz anders weitergesprochen.«

Ihr Kaffee wurde serviert. Harry zahlte gleich.

»Bitte weiter, Liz.«

»Das war schon alles. Ich bin ins Büro gegangen, und die Dame hat wenig später den Laden verlassen.«

»Hat mein Vater noch mal von ihr gesprochen – hat er sich irgendwie dazu geäußert?«

»Ja.« Liz nahm sich Zucker. »Er hat mir gegenüber betont, er habe sie noch nie zuvor gesehen. Angeblich war sie auf der Suche nach einem speziellen Anorak hereingekommen.«

»Haben Sie ihm das geglaubt?«

»Ich . . . ich hab' nicht gewußt, ob ich ihm glauben sollte oder nicht«, gab Liz verlegen zu. »Was er gesagt hat, hat plausibel geklungen, aber . . .«

»Haben Sie mit Douglas darüber gesprochen?«

»Nein, natürlich nicht!« antwortete Liz nachdrücklich. »Ich habe niemand davon erzählt. Warum denn auch?«

Harry nickte zufrieden und hob seine Tasse, als wolle er ihr zutrinken. »Danke, Liz.«

*

Da sein Austin noch immer untersucht wurde, mußte Harry mit einem Taxi zu dem Zoogeschäft in der Valence Street fahren. Die Firma Zoo Heaton hatte einen schmalen, aber dafür um so längeren Laden, dessen Schaufenster voller Vogelkäfige mit bunten Exoten stand. Im Ladeninneren waren alle nur erdenklichen Luxusartikel ausgestellt, die Tierbesitzer für ihre kleinen Lieblinge brauchen konnten. Eine Wand verschwand völlig hinter Käfigen mit weißen Mäusen, Kaninchen, jungen Hunden, Schildkröten, Affen und Hamstern. Der Gestank und der Lärm der vielen Tiere war im ersten Augenblick fast umwerfend.

Harry drang bis in die Ladenmitte vor, wo eine »Hundeboutique« aufgebaut war. An diesem Stand wurden Hundeleinen, Beißknochen, Überdecken und Halsbänder in Dutzenden von Ausführungen angeboten.

Als Harry die Hundehalsbänder betrachtete, kam der Ladeninhaber aus einem durch einen kleinen Vorhang abgetrennten Raum. Er fuhr sich mit seinem Taschentuch über die Lippen, als habe er eben eine Kleinigkeit gegessen.

»Guten Morgen, Sir.«

»Guten Morgen. Mr. Heaton?«

Mr. Heaton nickte lächelnd. Sein Alter war nicht leicht zu schätzen. Obwohl Sidney Heaton bereits grau war, hatte er ein jugendlich-rosiges Gesicht. Er trug eine gepunktete Fliege und eine Tweedjacke mit aufgesetzten Taschen.

»Ich bin Kriminalbeamter, Mr. Heaton«, erklärte Harry ihm. »Ich vermute, daß Sie mir bei meinen Ermittlungen helfen können.«

»Oh . . .« Heaton sah sich ängstlich um, als überlege er, welches seiner Tiere straffällig geworden sein könnte. »Natürlich gern, wenn ich das wirklich kann.«

Harry nahm Zeros Halsband aus der Tasche, und Heaton starrte es unbehaglich an.

»Worum geht's denn, Sir?«

»Um dieses Halsband. Soviel ich weiß, hat mein Vater – Tom Dawson – es bei Ihnen gekauft. Das war . . .«

»Sind Sie Mr. Dawsons Sohn?« unterbrach Heaton ihn. Er lächelte Harry wie einem alten Freund zu.

»Ja, Mr. Heaton.«

»Oh, ich freue mich, Sie kennenzulernen!« Dann wurde er jedoch ebenso schnell wieder ernst. »Das mit Ihrem Vater tut mir aufrichtig leid, Mr. Dawson. Eine schreckliche Sache!«

»Danke, Mr. Heaton. Haben Sie meinen Vater gekannt?«

»Nein, aber wir haben uns kennengelernt, als er das Halsband gekauft hat. Ich bin früher ein großer Dawson-Fan gewesen.« Heaton sah traurig an seiner rundlichen Gestalt herab. »Sie werden es vielleicht nicht glauben, Mr. Dawson, aber ich war früher selbst ein guter Sportler.«

»Sehen Sie sich bitte dieses Halsband an, Mr. Heaton«, forderte Harry ihn auf. »Ist es das Halsband, das Sie meinem Vater verkauft haben? Und können Sie daran irgend etwas Ungewöhnliches feststellen?«

Heaton griff nach dem Hundehalsband und betrachtete es kritisch.

»Ja, das ist das Halsband, das ich Ihrem Vater verkauft habe – soweit ich das beurteilen kann.«

»Soweit Sie das beurteilen können?«

Der andere lächelte. »Nun ja, ich habe diese Ausführung in letzter Zeit mehrmals verkauft, und die Halsbänder sehen sich natürlich ähnlich.« Er zeigte auf die Ausstellung. »Wie Sie sehen, habe ich stets einige auf Lager.« Heaton hielt Zeros Halsband gegen ein neues. »Ihres scheint keineswegs ungewöhnlich zu sein, Mr. Dawson.«

»Was ist mit dem Medaillon? Ist es das gleiche oder ist es ausgewechselt worden?«

Heaton runzelte die Stirn. »Tut mir leid, aber dieses Medaillon stammt nicht von mir. Ihr Vater hat es mitgebracht.«

»Er hat es mitgebracht?« wiederholte Harry erstaunt.

»Ja, er . . .« Heaton machte eine Pause. »Nein! Nein, tut mir leid, ich habe mich geirrt. Seine Bekannte hat es mitgebracht. Ihr Vater war gerade beim Überlegen, welches Halsband er kaufen sollte, als seine Bekannte hereingekommen ist. Sie hat ihm geraten, dieses hier zu nehmen.«

»Und sie hat das Medaillon mitgebracht?«

Heaton nickte. »Ganz recht. Sie hat es aus ihrer Handtasche genommen und an das Halsband gehängt. Beide waren damit sehr zufrieden.«

Harry ließ sich das Hundehalsband zurückgeben. »Waren Name und Adresse der Besitzerin schon eingraviert oder haben Sie die Gravur übernommen?«

»Nein, nein, das Medaillon war fix und fertig.«

»Hm. Wer war diese Bekannte meines Vaters? Kennen Sie sie zufällig?«

»Nein, leider nicht.«

»War sie eine ziemlich kleine, rundliche Frau mit energischem Gesichtsausdruck?«

»Oh, wo denken Sie hin!« Heaton war sichtlich entsetzt. »Sie war im Gegenteil sehr charmant.«

»Groß, schwarzhaarig und elegant?«

»Ja, sehr elegant, aber . . .« Heaton zuckte mit den Schultern. »Wissen Sie, wenn man wie ich mit Tieren umgeht, bekommt man doch ein gewisses Verhältnis zu ihnen. Und wenn dann eine Frau mit einem Ozelotmantel hereinkommt . . . na ja, davon ist man eben nicht begeistert.« Er lächelte verlegen. »Für einen Tierfreund ist so was eine Art rotes Tuch.«

Harry hatte das Halsband wieder eingesteckt und ging in Richtung Ausgang.

»Vielen Dank, Mr. Heaton, Sie haben mir wirklich weitergeholfen.«

Heaton hastete an ihm vorbei, um Harry die Ladentür aufzuhalten.

»Danke, Sir. Ich hoffe, daß wir uns gelegentlich wiedersehen, Mr. Dawson.«

Von einem Regal sprang eine Siamkatze herab und landete auf Heatons Schulter. Der feindselige Blick, mit dem sie Harry beobachtete, stand in merkwürdigem Gegensatz zu Heatons breitem Lächeln.

*

Chefsuperintendent Yardley hatte sich Mühe gegeben, das moderne Büro, das er nach dem Umzug von Scotland Yard in die Victoria Street bekommen hatte, so behaglich wie das alte einzurichten. Aber der riesige Schreibtisch und die bequemen Ledersessel paßten nicht recht in diese lichtdurchflutete Umgebung, und die Breughel-Landschaft an der Wand vertrug sich nicht mit dem Verkehrsgewühl auf der Victoria Street. Die Rückwand von Yardleys Büro wurde von einem großen Stadtplan verdeckt, auf dem die Polizeireviere mit farbigen Stecknadeln markiert waren.

»Hallo, Hodges«, begrüßte Harry Dawson den uniformierten Beamten in Yardleys Vorzimmer. »Ist der Chef da?«

»Nein, er ist noch nicht aus Hampstead zurück, Sir.«

»Aus Hampstead?«

»Ja, Sir.«

»Danke, Hodges.« Harry nickte zufrieden. Er war froh, daß Yardley selbst hören würde, daß er die Wahrheit gesagt hatte. »Wissen Sie zufällig, ob Inspektor Fletcher da ist?«

Hodges zeigte auf die Verbindungstür zum nächsten Büro. »Er ist nebenan, glaube ich, Sir. Soll ich ihm sagen, daß Sie hier sind?«

Bevor Hodges die Verbindungstür erreichte, wurde sie geöffnet. Nat Fletcher erschien auf der Schwelle.

»Ah, Nat!« begrüßte Harry ihn. »Hast du schon was von Carter gehört? Was ist mit dem Autopsiebericht?«

»Langsam, Harry«, wehrte Nat ab. »Wie du weißt, muß ich mich um meinen eigenen kleinen Mord kümmern.« Er sah, wie enttäuscht sein Freund war, und legte ihm tröstend eine Hand auf die Schulter. »Aber ich habe inzwischen erfahren, daß Carter den Fall deines Vaters jetzt offiziell als Mord bearbeitet.«

Harry grunzte nur. »Was bleibt ihm schon anderes übrig, wenn der Hauptverdächtige seinerseits ermordet wird?«

»Richtig.« Nat zeigte Harry das Foto, das er in der Hand hielt. »Weil wir gerade bei Newton sind . . .«

Das Farbfoto zeigte Peter Newton mit einer Bikinischönheit am Rand eines Swimmingpools. Beide lachten in die Kamera und schienen in Urlaubsstimmung zu sein.

»Erkennst du sie wieder?«

»Ja.« Harry kniff die Augen zusammen. »Das ist die junge Frau, von der ich dir erzählt habe. Sie hat sich mit Newton gestritten, als ich die beiden auf der Finchley Road in seinem Fiat gesehen habe.«

»Ich habe gehofft, daß du das sagen würdest.« Fletcher nickte zufrieden.

»Aber wer ist sie?«

»Sie heißt Judy Black und hat mit Newton zusammengelebt. Gestern waren sie in einem Restaurant in der Charlotte Street beim Abendessen. Anscheinend haben sie sich auch dort gestritten – sie sind jedenfalls schon um halb zehn gemeinsam gegangen.«

»Habt ihr sie schon zur Vernehmung geholt?«

»Nein, noch nicht.«

»Warum denn nicht?« protestierte Harry.

»Warum nicht? Mein Gott, du redest schon wie Yardley.« Nat setzte sich in einen der Ledersessel und schlug die Beine übereinander. »Weil wir sie nicht finden können, Harry.«

Dawson ging unruhig auf und ab. Im Vorzimmer klapperte Hodges' Schreibmaschine.

»Ist sie mit Newton in die Wohnung zurückgefahren?« erkundigte sich Harry.

»Das wissen wir noch nicht.«

»Woher stammt sie? Was hat sie mit Newton zu tun gehabt?«

»Sie kommt eigentlich aus Liverpool«, berichtete Fletcher. »Newton scheint sie dort in einer Show gesehen und ihr ein Engagement in London verschafft zu haben. Sie ist in einem Musical aufgetreten, das bald wieder abgesetzt worden ist. Bis vor vier Wochen hat sie beim Notting Hill Gate möbliert gewohnt, dann ist sie zu Newton gezogen.«

Harry nickte anerkennend. »Von wem weißt du das alles?«

»Von ihrer ehemaligen Zimmerwirtin.«

»Und was ist mit Newton?«

»Bisher sind wir noch nicht weiter«, gab Nat zu. »Keiner will über ihn reden. Wir wissen nur, daß er finanziell unabhängig war und gelegentlich Shows im West End mitfinanziert hat – auch das Musical, in dem Judy Black aufgetreten ist. Ich habe Sergeant Quilter auf Newton angesetzt. Er kriegt bestimmt irgend was raus.«

»Nat, ihr müßt vor allem diese Judy Black finden!«

»Keine Angst, wir . . .« Nat sprach nicht weiter. Er stand auf, als Yardley hereinstürmte.

»Entschuldigen Sie, daß ich Sie habe warten lassen, Harry. Ich war in Hampstead.« Er warf seinen Aktenkoffer auf den Schreibtisch und wandte sich an Fletcher. »Na, wie steht's? Haben Sie Miss Black schon aufgespürt?«

»Nein. Noch nicht, Sir.« Nat hielt das Farbfoto hoch. »Aber Harry hat sie identifiziert. Sie war die junge Frau in Newtons Wagen. Und ihre Zimmerwirtin glaubt, daß sie . . .«

»Die Zimmerwirtin interessiert mich nicht«, unterbrach ihn Yardley. Er setzte sich an seinen Schreibtisch. »Sehen Sie zu, daß Sie diese Judy Black finden!«

Nat war entlassen. Er schluckte seine Enttäuschung hinunter und verschwand rasch nach nebenan. Yardley nickte Harry zu. »Setzen Sie sich, Dawson.«

Harry nahm in dem Besuchersessel Platz, in dem Nat gesessen hatte. Yardley griff nach einem Bericht, der auf seinem Schreibtisch lag, und überflog ihn. Während er las, hörte Harry den gedämpften Verkehrslärm von der Victoria Street und das Klappern von Hodges Schreibmaschine.

»Ich war heute morgen bei den Conways«, sagte der Chefsuperintendent plötzlich, ohne den Bericht aus der Hand zu legen.

»Ja, ich weiß.«

»Sie haben Ihre Aussage mit dem Hund bestätigt.«

»Das freut mich«, antwortete Harry trocken. »Hatten Sie etwas anderes erwartet?«

Yardley legte denBericht weg, stemmte die Hände gegen den Schreibtisch und fixierte Harry mit seinem gefürchteten starren Blick.

»Ich habe noch Glück gehabt, daß ich die Conways zu Hause erwischt habe. Sie wollten gerade nach Aldeburgh fahren, wo er Mitglied des dortigen Golfklubs ist.«

Harry wollte etwas einwenden, aber dann fiel ihm ein, daß es Klubs gab, die auch passive Mitglieder aufnahmen.

»Ein reizendes Ehepaar«, fuhr Yardley fort. Er lächelte unwillkürlich, als er an Sybil Conway dachte. Dann wurde er wieder ernst. »Aber keiner der beiden kann sich daran erinnern, von Ihnen einen Scheck über fünf Pfund bekommen zu haben – und beide kennen keinen Basil Higgs.«

Harry war im ersten Augenblick sprachlos. »Aber ... aber hat er Ihnen nicht von seiner Wohltätigkeitsorganisation erzählt?«

»Damit haben Sie mich schön reingelegt, Dawson! Ich habe wie ein Idiot dagestanden. Arnold Conway hat so gelacht, daß er in seinem Wohnzimmer über eine Teppichkante gestolpert ist.«

»Augenblick!« Harry schüttelte den Kopf. »Wie kann jemand, der im Rollstuhl sitzt, über einen Teppich stolpern?«

»Conway hat nicht im Rollstuhl gesessen. Er war völlig entgeistert, als ich ihn danach gefragt habe. Der Mann ist kerngesund, Dawson!«

»Aber . . .«

»Um ganz sicherzugehen«, unterbrach Yardley ihn, »habe ich Inspektor Emerson angerufen. Er kennt Hampstead so gut wie Sie Ihre Hosentasche, weil er seit zwanzig Jahren dort Dienst tut. Emerson hat mir erzählt, daß Conway ein erfolgreicher Börsenmakler war, bevor er sich zur Ruhe gesetzt hat. Von einem Rollstuhl kann nicht die Rede sein, denn Conway spielt zweimal in der Woche Tennis und am Wochenende Golf.«

Harry sprang auf und trat ans Fenster. »Mir ist gleichgültig, ob er Tennis, Golf oder Eishockey spielt. Er hat im Rollstuhl gesessen, als ich gestern bei ihm gewesen bin!« Dawson drehte sich aufgebracht zu Yardley um. »Großer Gott, warum hätte ich mir das ausdenken sollen?«

Yardley zuckte mit den Schultern. »Keine Ahnung«, antwortete er halblaut.

Harry kam an den Schreibtisch. »Sie glauben mir also nicht, stimmt's?«

Yardley beantwortete seine Frage nicht. Statt dessen griff er nach dem Hundehalsband, das Harry vorhin auf den Schreibtisch gelegt hatte.

»Was ist mit diesem Halsband? Was haben Sie herausbekommen?«

Harry gab sich einen Ruck. »Mein Vater hat es in einem Geschäft in der Valence Street gekauft. Allerdings steht nicht einwandfrei fest, ob es sich um das ursprüngliche Medaillon handelt.«

»Könnte es vertauscht worden sein?« Der Chefsuperintendent drehte die Metallplakette um. »Hier stehen der Name der Besitzerin und Ihre Telefonnummer.«

»Richtig«, bestätigte Harry. »Aber Liz Mason und der Inhaber des Zoogeschäfts – ein gewisser Heaton – waren sich ihrer Sache nicht ganz sicher. Sie . . .«

Harry sprach nicht weiter, als Nat an der Verbindungstür erschien.

»Ja? Was gibt's, Nat?« fragte Yardley.

»Sergeant Quilter hat eben angerufen, Sir. Er hat etwas über Newton herausgekriegt, das wir nicht gewußt haben.«

»Was denn?« knurrte Yardley irritiert.

»Er hat gar nicht Peter Newton geheißen. Das war nur ein Name, den er sich zugelegt hat, weil ihm sein eigener nicht eindrucksvoll genug war. In Wirklichkeit hat er Higgs geheißen, Sir – Basil Higgs.«

*

Harry Dawson kam erst am Spätnachmittag nach Hause. Er hatte in der Cafeteria von Scotland Yard gegessen, weil er gehofft hatte, seinen Austin gegen zwei Uhr abholen zu können. Aber dann war es doch vier Uhr geworden, bevor er den Wagen zurückbekam, so daß er bereits in den Stoßverkehr hineingeraten war. Als er in einer Seitenstraße parkte und zu Fuß um die letzte Ecke bog, sah er ein Taxi vor der Haustür stehen.

Er sperrte auf und wollte eben die Tür hinter sich schließen, als er Mrs. Rogers die Treppe herunterkommen sah. Sie trug ihren Tweedmantel und den Hut mit den Plastikblumen. Zunächst war sie so mit Zero, den sie im Arm hielt, beschäftigt, daß sie Harry gar nicht sah; dann wurde sie auf ihn aufmerksam und blieb verlegen stehen.

»Guten Abend, Mrs. Rogers«, sagte Harry ruhig.

»Hallo, Mr. Dawson.« Sie rang sich ein Lächeln ab. »Ich habe gehofft, daß Sie noch kommen würden.«

»Tatsächlich, Mrs. Rogers? Wie geht's Ihrem Neffen? Er hat sich wohl inzwischen von seiner Grippe erholt?«

»Ja, natürlich.« Sie kam zwei Stufen weiter herunter. »Ich glaube, ich muß mich bei Ihnen entschuldigen, Mr. Dawson«, fuhr sie zögernd fort. »Was ich auf den Zettel geschrieben habe, stimmt nicht. In Wirklichkeit habe ich eine neue Stellung angenommen.«

»Oh?«

»Ja. Im Hotel Royal Plaza in Knightsbridge.«

»Ist das nicht ein etwas jäher Wechsel?« fragte Harry und vertrat ihr den Weg, als sie die letzte Stufe erreichte.

»Ich wußte einfach nicht, was ich tun sollte, Mr. Dawson. Der Schock nach dem plötzlichen Tod Ihres Vaters . . . Ich mußte einfach weg, verstehen Sie? Tut mir leid, daß ich mich so schäbig benommen habe, Mr. Dawson, aber . . .«

Mrs. Rogers schien sich aufrichtig zu schämen, aber Harry hatte den Verdacht, daß das alles nur gespielt war.

»Wieviel bin ich Ihnen noch schuldig?« unterbrach er sie.

»Nichts, Mr. Dawson«, antwortete Mrs. Rogers rasch. »Wir sind quitt, weil Sie die Belohnung gezahlt haben.«

Harry wußte, daß das nicht stimmte, aber er ging nicht darauf ein.

»Ich freue mich jedenfalls, daß Sie Ihren Hund wiederbekommen haben«, sagte er.

»Ja. Sie können sich wahrscheinlich vorstellen, wie glücklich ich darüber bin!« Sie streichelte den Pudel. »Der liebe kleine Zero.«

»Wie haben Sie überhaupt davon erfahren, Mrs. Rogers?« erkundigte Harry sich, ohne den Platz vor der Haustür freizumachen.

»Ich habe heute nachmittag mit Hubert gesprochen, und er hat es mir erzählt. Was ist übrigens mit Zeros Halsband, Mr. Dawson? Ist es gestohlen worden?«

»Ja.«

»Oh . . .« Sie machte ein trauriges Gesicht. »Dabei war es ein so schönes Halsband! Ein Geburtstagsgeschenk von Ihrem Vater, wissen Sie.«

»Eigenartigerweise ist es aber wieder aufgetaucht«, fügte Harry hinzu. »Im Augenblick liegt es bei Chefsuperintendent Yardley.«

»Bei Ihrem Chef?« fragte Mrs. Rogers erschrocken. »Aber was hat denn die Polizei damit zu tun?«

Harry blieb die Antwort erspart, weil jemand kräftig den Türklopfer benützte. Als er aufmachte, sah er draußen einen ungeduldigen Taxifahrer stehen.

»Hören Sie, ich kann hier nicht den ganzen Abend warten!« erklärte der Mann Mrs. Rogers. »Wenn Sie sich nicht beeilen, krieg ich noch Schwierigkeiten.«

»Ich komme gleich!« versicherte sie ihm.

»Hoffentlich!« Er nickte Harry zu. »Sie müssen schon entschuldigen, aber ich will keinen Strafzettel riskieren, verstehen Sie?«

Harry lehnte die Haustür an, als der Fahrer zu seinem Taxi zurückging. »Bevor Sie wegfahren, muß ich Sie noch etwas fragen, Mrs. Rogers. Haben Sie von meinem Vater jemals den Namen Conway gehört?«

»Conway?« wiederholte sie ausdruckslos. »Nein, daran kann ich mich nicht erinnern.«

»Haben Sie diesen Namen überhaupt schon mal gehört?«

Sie schüttelte nachdrücklich den Kopf. »Ich könnte mich bestimmt daran erinnern, wenn Ihr Vater davon gesprochen hätte. Aber jetzt müssen Sie mich bitte entschuldigen, Mr.

Dawson.«

Harry sah auf die Straße hinaus, wo der Taxifahrer den Motor angelassen hatte.

»Gut, Mrs. Rogers. Auf Wiedersehen und alles Gute am neuen Arbeitsplatz.«

Mrs. Rogers lächelte verlegen. »Vielen Dank! Sag Mr. Dawson auf Wiedersehen, Zero.«

Zu Harrys Erleichterung ignorierte der Pudel diese Aufforderung. Mrs. Rogers verließ das Haus, hastete über den Gehsteig und stieg ins Taxi. Obwohl sie sich monatelang ungehindert in allen Räumen der Wohnung hatte bewegen können, war Harry nicht ganz wohl bei dem Gedanken, daß sie ausgerechnet heute dort oben allein gewesen war.

*

Harry hatte nur ein Nickerchen machen wollen, als er sich in den Sessel am Kamin gesetzt hatte. Aber als er aufschrak, weil das Telefon läutete, war es draußen bereits Nacht. Er stolperte durchs Zimmer, schaltete die Stehlampe ein und sah blinzelnd auf die Uhr. Sieben vor zehn. Er hatte fünf Stunden geschlafen.

Zum Glück war der Anrufer hartnäckig. Das Telefon läutete noch immer. Harry nahm schlaftrunken den Hörer ab und meldete sich.

»Mr. Dawson, hier ist Judy Black«, sagte eine atemlose Stimme. »Ich war mit Mr. Newton befreundet und ...«

»Judy Black!«

»Ich brauche Hilfe, Mr. Dawson«, fuhr die Frauenstimme fort. Ihr schwacher North-Country-Akzent klang eher nach Leeds als nach Liverpool. »Ich möchte mit Ihnen reden, bevor ich zur Polizei gehe. Können wir uns irgendwo treffen? Am liebsten noch heute abend.«

»Ja, natürlich.« Harry griff nach Kugelschreiber und Notizblock. »Wo sind Sie? Von wo aus rufen Sie an?«

»Ich bin in einem Restaurant. Im Chez Maurice in der Greek Street. Am oberen Ende, fast am Soho Square.«

»Bleiben Sie, wo Sie sind, Miss Black«, sagte Harry energisch. Er war plötzlich wieder hellwach. »Ich bin in einer Viertelstunde bei Ihnen.«

*

Das Taxi fuhr langsam die Greek Street hinunter. Harry und der Fahrer hielten beide nach dem Restaurant Chez Maurice Ausschau. Dann entdeckte Harry es auf der anderen Straßenseite und klopfte an die Trennwand. »Dort drüben! Lassen Sie mich hier aussteigen.«

»Tut mir leid, hier darf ich nicht halten. Dort vorn in der Parklücke.«

Harry sah zwei Frauen am Eingang des Restaurants stehen. Sie waren eben erst auf die Straße getreten und schienen zu überlegen, ob sie ein Taxi rufen sollten. Die größere der beiden war eine stattliche Rothaarige Anfang dreißig. Sie wirkte durchaus apart, aber ihre blonde Begleiterin zog die Blicke aller vorbeikommenden Männer auf sich. Harry erkannte sie sofort als die junge Frau, die in Newtons Fiat gesessen hatte.

Als das Taxi hielt, hatte er bereits die Tür geöffnet. Er wartete ungeduldig, bis der Fahrer ihm herausgegeben hatte, und ließ dabei den Eingang von Chez Maurice nicht aus den Augen.

Judy Black war jetzt allein. Die Rothaarige war ins Restaurant zurückgegangen; wahrscheinlich wollte sie etwas holen, das sie vergessen hatte. Judy sah nervös die Straße entlang. Seitdem Harry den Telefonhörer aufgelegt hatte, waren achtzehn Minuten vergangen. Sie fragte sich bestimmt schon, ob er überhaupt noch kommen würde.

Sein Taxi fuhr weg. Nun sah er, daß Judy Black eine Sonnenbrille aus ihrer Handtasche nahm und aufsetzte. Sie rückte ihr Kopftuch zurecht, als hoffe sie, ihre blonde Mähne darunter verbergen zu können. Harry ließ sich Zeit, weil er wußte, daß sie gesehen hatte, wie er auf der anderen Straßenseite aus dem Taxi gestiegen war.

Der starke Verkehr hinderte ihn daran, gleich die Straße zu überqueren. Er nickte Judy beruhigend zu – aber damit erreichte er genau das Gegenteil der erhofften Wirkung. Sie sah sich rasch um, stellte fest, daß ihre Freundin noch nicht zurückkam, setzte sich in Bewegung und rannte in Richtung Soho Square davon.

Irgend etwas hatte sie erschreckt . . . oder sie hatte sich die Sache inzwischen anders überlegt. Harry überquerte die Greek Street, schlängelte sich zwischen hupenden Autos hindurch und erreichte den anderen Gehsteig, als Judy bereits zwanzig Meter Vorsprung hatte.

Auf der gegenüberliegenden Straßenseite ließ der Fahrer eines grünen Minis seinen Motor an und ordnete sich in den Verkehrsstrom ein. Er kam ungefähr so schnell wie die beiden Rennenden voran.

Judy Blacks Vorsprung schmolz rasch zusammen, aber dann kam ihr ein Zufall zur Hilfe. Vor dem Nachtklub The Mad House wurde Harry durch eine Gruppe junger Leute aufgehalten, die lachend und kreischend aus einem großen alten Rolls-Royce stiegen. Bis er sich durch sie hindurchgedrängt hatte, war Judy weit voraus und hielt eben ein Taxi an.

Harry setzte zu einem verzweifelten Spurt an. Er erreichte das Taxi, bevor es anfahren konnte, und baute sich schweratmend davor auf. Der Fahrer steckte den Kopf aus dem Fenster.

»He, was soll der Unsinn?« fragte er. »Haben Sie keine Augen im Kopf? Können Sie nicht sehen, daß ich besetzt bin?«

Dawson trat an sein Fenster. »Ich bin Kriminalbeamter«, erklärte er dem Mann und wies seine Plakette vor. »Inspektor Dawson. Fahren Sie uns zu Scotland Yard.«

Während der Fahrer ihn noch anstarrte, riß Harry die hintere Tür auf. Judy Black wollte eben auf der anderen Seite aussteigen. Er riß sie zurück, knallte beide Türen zu und befahl dem Taxifahrer:

»Abfahren!«

Der Mann gehorchte kopfschüttelnd und fuhr an. Der grüne Mini, der inzwischen gewartet hatte, blieb zwanzig Meter hinter ihm.

Harry saß auf einem der Klappsitze mit dem Rücken zum Fahrer. So konnte er Judy Black besser beobachten. Aus der Nähe sah sie noch attraktiver aus als auf dem Farbfoto.

»Was soll der Unsinn?« erkundigte er sich aufgebracht. »Was haben Sie sich dabei gedacht?«

»Wer . . . wer sind Sie?« Ihre Hände zitterten so sehr, daß ihre Zigarette, die sie sich hatte anzünden wollen, zu Boden fiel. »Was wollen Sie von mir?«

»Das wissen Sie genau! Ich bin Harry Dawson – Inspektor Dawson, wenn Sie wollen. Sie haben mich vor zwanzig Minuten angerufen und . . .«

»Was habe ich getan?« fragte die Blondine ungläubig.

»Sie haben mich angerufen!«

Judy schüttelte den Kopf. »Nein. Ich habe noch nie mit Ihnen telefoniert.«

»Sie haben behauptet, Sie bräuchten Hilfe und . . .« Harry machte eine Pause, weil ihm aufgefallen war, daß sie tatsächlich anders als die Anruferin sprach. Er hob die Zigarette auf, kurbelte das Fenster herunter und warf sie hinaus. »Sie haben mich also nicht angerufen?«

»Nein! Hat sich jemand für mich ausgegeben?«

»Ja.«

»Dann haben sie mich verpfiffen«, murmelte Judy. »Sie haben gewußt, daß ich in diesem Restaurant war.«

»Wer sind sie?« erkundigte Dawson sich.

Sie wandte sich ab und starrte schweigend aus dem Fenster. Nach dem ersten Schock schien sie ihr Selbstbewußtsein zurückgewonnen zu haben.

»Wir fahnden bereits nach Ihnen«, erklärte Harry ihr. »Sie müssen uns einige Fragen im Zusammenhang mit Peter Newtons Tod beantworten.«

»Ich habe Peter nicht ermordet!« versicherte sie ihm nachdrücklich. Sie drehte sich wieder nach ihm um. »Ich bin . . . ich habe nichts damit zu tun.«

»Wir behaupten nicht, daß Sie ihn umgebracht haben, aber wir glauben, daß Sie uns einige nützliche Hinweise geben können.«

»Nein, ich kann Ihnen nichts sagen. Ich weiß nichts über den Mord.«

»Doch, doch, Sie können uns viel erzählen. Wir wissen, daß Sie mit Newton zusammengelebt haben. Oder haben Sie etwa nicht seit etwa vier Wochen bei ihm gewohnt?«

»Tut mir leid«, wehrte Judy eisig ab. »Ich kann Ihnen leider nicht weiterhelfen.«

Harry lehnte sich nach vorn. »Hören Sie, Judy«, sagte er freundlich. »Wenn Sie Newton nicht umgebracht haben, können Sie nichts Besseres tun, als . . .«

»Nennen Sie mich nicht Judy!« fauchte sie. »Wenn ich will, daß Sie mich Judy nennen, sage ich's Ihnen rechtzeitig!«

Harry seufzte. Das Taxi hatte den Trafalgar Square hinter sich gelassen und fuhr die Mall entlang. Er holte seine Zigaretten aus der Tasche.

»Wohin fahren wir?« erkundigte Judy Black sich.

»Zu Scotland Yard. Ich möchte Sie mit meinem Freund

Fletcher bekannt machen. Er bearbeitet den Fall Newton.«

»Inspektor Fletcher? Den kenne ich. Ich bin froh, daß er Ihr Freund ist.«

Harry erriet, daß Judy Black im Grunde genommen weniger kratzbürstig war, als sie sich jetzt gab. Er ließ den Klappsitz zurückschnappen, setzte sich neben sie und bot ihr eine Zigarette an. Judy zögerte zunächst; dann griff sie danach und zündete sich die Zigarette rasch selbst an, bevor er ihr Feuer geben konnte. Harry zuckte mit den Schultern und zündete sich ebenfalls eine an.

»Müssen wir zu Scotland Yard fahren?«

»Ja.«

»Könnten wir nicht woanders hinfahren?«

»Wohin denn?«

Er fragte sich, ob Judy Black ihn bestechen wollte – ob sie wie die Mädchen in Peter Newtons Kartei war. Aber sie paßte irgendwie nicht recht in diese Kategorie.

»Das weiß ich selbst nicht. Irgendwohin, wo wir miteinander reden können.«

»Ich dachte, Sie wollten nichts sagen?«

»Ich will nur nicht über Peter reden. Aber es gibt noch andere Themen.«

»Zum Beispiel?«

»Lassen Sie das verdammte Taxi halten, dann sag ich's Ihnen!«

Harry betrachtete sie nachdenklich. Sie hatte bereits einen Fluchtversuch unternommen; dies konnte der Beginn eines zweiten sein. Vor ihnen ragte der von Scheinwerfern angestrahlte Buckingham Palace auf. Links davon lag der St. James's Park mit seinen Rasenflächen, Teichen und Baumgruppen. Harry lehnte sich nach vorn und schob die Glasscheibe zur Seite.

»Okay, Sie können hier halten.«

Der Taxifahrer bremste, hielt und drehte sich nach Judy um. »Das ist Ihnen doch recht, Miss?« erkundigte er sich.

»Ja.« Judy Black nickte. »Keine Angst, er ist in Ordnung.«

Harry zahlte. Er beobachtete dabei Judy, so daß ihm nicht auffiel, daß ein grüner Mini, der die ganze Zeit hinter ihnen geblieben war, an dem Taxi vorbeifuhr und fünfzig Meter weiter hielt.

Nachdem das Taxi weggefahren war, führte er Judy zu einer Bank in der Nähe einer Buschgruppe, wo sie ungestört waren.

»Okay«, sagte Harry, »worüber sollen wir uns also unterhalten, Miss Black?«

»Oh, wir könnten . . . zum Beispiel über Ihren Vater sprechen.«

»Was wissen Sie über meinen Vater?« fragte Harry langsam. Er war unerklärlich nervös, als stehe ihm eine Enthüllung bevor, die das Bild, das er sich stets von seinem Vater gemacht hatte, gründlich zerstören würde.

Judy hatte ihre Zigarette im Taxi ausgedrückt. Er bot ihr eine neue an. Diesmal ließ sie sich von ihm Feuer geben. Sie atmete den Rauch tief ein, bevor sie antwortete.

»Ich weiß, wer ihn ermordet hat.«

2

Der Fahrer des grünen Minis beugte sich nach links und kurbelte das Beifahrerfenster herunter. Wenn er den Kopf vorstreckte, konnte er die beiden auf der Parkbank sehen. Sie hatten sich eben Zigaretten angezündet.

Er rutschte auf seinen Platz zurück. Der Motor lief noch.

Er legte den Gang ein und fuhr in Richtung Buckingham Palace weiter. Er war ein kleiner hagerer Mann, der ein ehemaliger Jockey hätte sein können. Aber Marty Smith war nicht der Typ eines gesunden Sportlers. Sein Gesicht war mit Aknenarben übersät, und die rechte Hälfte zuckte ständig unkontrollierbar, als habe er gerade eine Ohrfeige bekommen.

Der grüne Mini fuhr um das Queen Victoria Memorial herum und kam die Mall entlang zurück. Etwa gegenüber der Stelle, wo die beiden auf der Parkbank saßen, bog Smith nach links ab und hielt hinter dem Clarence House. Dort stand sein Wagen im Parkverbot, aber um diese Zeit kümmerte sich kein Polizist darum. Smith stieg aus und starrte nachdenklich über die Straße. Er hätte viel dafür gegeben, die beiden belauschen zu können.

*

»Ich habe Peter vor ungefähr einem Jahr kennengelernt. Ich bin Schauspielerin, wissen Sie.« Judy lächelte und verbesserte sich selbst. »Nein, eigentlich Tänzerin. Peter hat mich dazu überredet, aus Liverpool nach London zu kommen. Er hat mir ein Engagement im St. Edward's Theatre verschafft, aber die Show war eine einzige Pleite.«

»Hatte er nicht ziemlich viel Geld reingesteckt?«

»Richtig, das hatte er. Aber das hat ihm anscheinend keine Sorgen gemacht. Er war immer gut bei Kasse, und ich muß zugeben, daß er auch großzügig war. Deswegen bin ich zu ihm gezogen, als er mich eingeladen hat.«

»Wissen Sie, woher er das Geld hatte?«

»Er hat mir erklärt, er sei Immobilienmakler. Und er hatte angeblich einen reichen Onkel beerbt.«

»Hm«, meinte Harry zweifelnd. »Wie hat er Sie behandelt?«

Judy kniff die Augen zusammen. »Wir waren sehr glücklich – zumindest anfangs. Peter konnte sehr amüsant sein und war ein guter Gesellschafter. Aber dann ist etwas Merkwürdiges passiert . . .«

»Ja?« fragte Harry. Er beobachtete ohne sonderliches Interesse einen kleinen Mann, der vor ihnen die Straße überquerte und im St. James's Park verschwand. »Was ist denn passiert, Miss Black?«

»Wir sind eines Abends von einer Cocktailparty zurückgekommen – an dem Abend, bevor Ihr Vater ermordet wurde. Peter war blendender Laune. Wir wollten am nächsten Morgen für ein paar Tage nach Paris fliegen.«

»Aber die Reise ist ins Wasser gefallen«, warf Harry ein.

»Richtig. Das war fast unheimlich, wissen Sie. Gegen zehn Uhr hat es geläutet, und ein Mann im Smoking ist hereingekommen. Ich war . . . nun, ich wollte mir etwas mehr anziehen, deshalb bin ich schnell ins Schlafzimmer gegangen.«

»Haben Sie den Mann gesehen? Wissen Sie, wer es war?«

»Ich habe seine Stimme sofort erkannt. Er heißt Arnold Conway. Peter und ich sind zweimal mit ihm und seiner Frau Sybil ausgegangen. Aber diesmal hat er ganz anders als sonst mit Peter gesprochen. Das hat mir Angst gemacht, aber ich mußte einfach zuhören.«

»Was hat er gesagt?« fragte Harry gespannt.

Judy runzelte die Stirn. »Peter war offenbar überrascht und hat Conway gefragt, warum er gekommen sei. Und Conway hat ihm erklärt, er müsse um Punkt zehn Uhr auf dem Golfplatz sein, weil Tom Dawson um diese Zeit dort sein werde. Peter wollte dagegen protestieren, aber Arnold hat ihn gar nicht zu Wort kommen lassen.«

Sie machte eine Pause und sah nervös zu Harry hinüber.

»Bitte weiter«, forderte er sie auf.

»Mehr weiß ich auch nicht. Ich bin dann ins Wohnzimmer

gekommen, und Arnold war plötzlich sehr liebenswürdig. Wenig später ist er gegangen. Peter war sichtlich verstört, und ich war natürlich wütend. Der Gedanke, eine Parisreise wegen einer Partie Golf abzusagen, war mir . . .«

»Hat er das als Erklärung benützt?« unterbrach Harry sie.

»Ja. Peter hat gesagt, er habe diesen Termin schon vor längerer Zeit vereinbart und inzwischen vergessen. Daraus ist ein richtiger Krach entstanden. Als ich ihm vorgeworfen habe, er tanze ohnehin ständig nach Tam Owens Pfeife, hat Peter einen Wutanfall bekommen. Er hat mir eine Ohrfeige gegeben und mich davor gewarnt, diesen Namen jemals wieder zu erwähnen.«

»Tam Owen«, wiederholte Harry nachdenklich. »Was wissen Sie über ihn?«

»Ich weiß nur, daß Peter jeden Tag ungefähr eine halbe Stunde mit ihm telefoniert hat. Ich dachte, die beiden besprachen Immobiliengeschäfte.«

*

In einer zweihundert Meter von den beiden entfernten Telefonzelle warf Marty Smith eine Münze ein, wählte eine Nummer und hörte, daß am anderen Ende abgehoben wurde.

»Tam? Hier ist Marty . . . Hör zu, er hat sie nicht zu Scotland Yard mitgenommen. Noch nicht. Sie sind im St. James's Park . . . Ja, sie sitzen auf einer Bank und reden . . . Aber ich dachte, du wolltest sie zurückholen lassen.«

Er hielt sich das freie Ohr zu, als draußen einige Motorräder vorbeiröhrten.

»Was hat Linda gesagt? . . . Verdammter Mist! . . . Ja, die beiden sind ganz in meiner Nähe. Soll ich die Kleine zurückbringen?« Er hörte kurz zu. Seine rechte Gesichtshälfte zuckte stärker als sonst. »Okay, Tam. Okay, du bist der

Boß.«

Er hängte ein, verließ die Telefonzelle, sah sich mißtrauisch nach allen Seiten um und bog in den Park ab. Dort blieb er nicht lange auf dem Weg, sondern tauchte im Gebüsch unter. Die Laterne in der Nähe der Parkbank zeigte ihm, welche Richtung er einschlagen mußte. Er steckte eine Hand in die Hosentasche, um zu verhindern, daß der Metallgegenstand, den er dort trug, gegen seine Hüfte schlug.

*

»Am nächsten Morgen ist Peter also auf den Golfplatz gefahren«, berichtete Judy. »Er ist früher als erwartet zurückgekommen, war kreidebleich und hat mir erklärt, er habe einen Mann umgebracht. Können Sie sich vorstellen, was für ein Schock das für mich war? Dann hat er die Sache als Unfall hingestellt – einer seiner Bälle soll diesen Mann versehentlich getroffen haben.«

»Ja, ich weiß«, bestätigte Harry. »Haben Sie ihm das geglaubt?«

»Nein. Ich habe sofort gemerkt, daß er gelogen hat. Als er mir auf meine Frage hin sagte, der Tote heiße Dawson, habe ich mich an den Namen erinnert, weil Arnold Conway ihn am Abend zuvor erwähnt hatte. Aber als ich davon angefangen habe, hat Peter mich so brutal am Arm gepackt, daß ich noch immer blaue Flecken habe. Ich mußte ihm schwören, das Gespräch zwischen ihm und Conway zu vergessen.«

Harry schwieg nachdenklich, während Judy sich nervös eine neue Zigarette anzündete. Er verstand jetzt, warum die junge Frau Angst hatte. Wenn jemand es für nötig gehalten hatte, Newton zu ermorden, um ihn zum Schweigen zu bringen, konnte Judy Black sich aus dem gleichen Grund in Lebensgefahr befinden.

Er hielt den Kopf schief. In den Büschen hinter ihnen

hatte etwas geraschelt. Wahrscheinlich irgendein kleines Tier, das sich nur nachts aus seinem Loch wagte.

»Als ich die Zeitungsmeldungen über den Unfall gelesen habe«, fuhr Judy nach einer Pause fort, »habe ich mir noch größere Sorgen gemacht. Ich wußte, daß Peter gelogen hatte, und mir kam der schreckliche Verdacht, der Tod Ihres Vaters sei kein Unfall gewesen. Ich habe immer wieder an Arnold Conways Worte denken müssen.«

Sie war nervös wie eine Katze. Als das leise Rascheln sich wiederholte, sah sie sich kurz um.

»Am nächsten Morgen – also gestern, obwohl das alles schon eine Ewigkeit zurückzuliegen scheint – hat Tam Owen bei Peter angerufen. Ich war noch gar nicht richtig wach, und er hat vom Wohnzimmer aus telefoniert. Aber ich habe gehört, was Peter gesagt hat.«

»Was haben Sie gehört?« erkundigte Harry sich.

Judy sprach noch leiser als vorher. »Er hat gesagt: ›Tam, du hast Dawson ermordet. Nicht ich! Laß mich jetzt um Himmels willen in Ruhe!‹ Als er ins Schlafzimmer zurückgekommen ist, war er sichtlich wütend. Ich habe mich schlafend gestellt.«

»War dieser Tam Owen sein Geschäftspartner?«

»Vielleicht. Aber Owen war jedenfalls der Boß.«

»Wie kommen Sie darauf?«

»Das war eindeutig. Wenn Tam wollte, daß Peter nach Birmingham, Leeds oder Manchester fuhr, ist er sofort hingefahren. Er hätte nie gewagt, Tam zu widersprechen.«

»Und was ist mit Arnold Conway? Welche Rolle hat er eigentlich gespielt?«

»Arnold war mit Peter befreundet. Durch ihn hat er Tam Owen kennengelernt.«

»Tatsächlich?« Harry machte eine Pause. »Gut, Miss Black, dann . . .«

»Bitte einfach Judy.« Sie lächelte schwach und legte Harry eine Hand auf den Arm. »Tut mir leid, daß ich vorhin so kratzbürstig gewesen bin. Ich habe nicht gewußt, wer Sie waren, und hatte Angst.«

Er nickte ihr beruhigend zu. »Was war gestern abend?« wollte er dann wissen.

»Peter und ich sind zum Abendessen ausgegangen. Dabei haben wir wieder Streit bekommen – diesmal ganz schlimm. Deshalb habe ich ihn verlassen.«

»Wann war das?«

»Gegen zehn Uhr.«

»Wo haben Sie sich von ihm getrennt? Im Restaurant?«

»Nein. Wir sind gegen halb zehn aus dem Restaurant gekommen und zum Hyde Park gefahren. Dort haben wir ungefähr eine halbe Stunde lang an der Serpentine in seinem Wagen gesessen.«

»Und dann?«

»Das wissen Sie doch«, antwortete Judy zögernd. »Ich bin ausgestiegen und weggelaufen.«

»Aber was haben Sie danach getan?«

»Ich habe einen Spaziergang gemacht.«

»Hm.« Harry runzelte die Stirn. »Haben Sie dabei zufällig einen Bekannten getroffen oder mit jemand gesprochen, der Sie wiedererkennen würde?«

Sie starrte ihn an, als begreife sie erst jetzt den Sinn seiner Fragen. In dem Zeitraum, von dem sie sprachen, mußte Peter Newton ermordet worden sein.

»Nein. Nein, leider nicht.«

»Bitte weiter, Judy. Was haben Sie danach getan?«

»Ich ... ich habe bei einer Freundin übernachtet. Das habe ich schon bitter bereut. Wäre ich in die Wohnung zurückgefahren, hätten wir uns nicht gestritten ...«

Sie war nahe daran, in Tränen auszubrechen. Harry ließ

ihr einen Augenblick Zeit, bevor er weitersprach.

»Weshalb haben Sie mit ihm Streit bekommen, Judy?«

»Oh, wegen einer Bagatelle . . .«

»Wegen etwas, das mit meinem Vater zusammengehangen hat?«

»Nein, nein!« Sie suchte in ihrer Handtasche nach einem Taschentuch. »Die Sache war wirklich lächerlich – wir haben uns wegen eines Hundehalsbandes gestritten.« Judy putzte sich die Nase und versuchte zu lachen. »Wie gesagt, wegen einer reinen Bagatelle.«

Harry drehte sich ganz nach ihr um und faßte sie an beiden Schultern. Sie war so überrascht, daß sie einen leisen Schrei ausstieß.

»Hören Sie, Judy, das . . .«

Er sah, wie Judys Blick plötzlich starr wurde, als sehe sie etwas hinter ihm. Gleichzeitig hörte er wieder etwas rascheln. Harry spürte, daß ihm von dort Gefahr drohte. Er sprang auf und hatte sich schon halb umgedreht, als Marty Smiths Stahlrute ihn hinter dem Ohr traf.

Harry hatte das Gefühl, in einen tollen Wirbel hineingezogen zu werden, der aus dem beleuchteten Palast, den dunklen Parkbäumen, Judys zu einem lautlosen Schrei aufgerissenen Mund und einem haßerfüllten pockennarbigen Gesicht bestand . . .

*

»Hören Sie, ich muß hier raus! Sagen Sie bitte der Schwester, daß sie mir meine Sachen bringen soll!«

Als Harry aus seiner Bewußtlosigkeit erwacht war, hatte er in einem Krankenhausbett gelegen. Seine Proteste hatten die junge Krankenschwester, die an seinem Bett Wache gehalten hatte, keineswegs beeindruckt. Jetzt war eine energische, aber durchaus attraktive Ärztin erschienen, um diesen schwierigen Patienten zur Vernunft zu bringen.

»Das ist völlig ausgeschlossen, Mr. Dawson. Sie haben wahrscheinlich eine Gehirnerschütterung. Außerdem müssen wir Ihren Kopf röntgen. Vielleicht haben Sie einen Schädelbruch.«

»Bestimmt nicht!« versicherte Harry ihr. »Hören Sie, ich bin nicht zum erstenmal niedergeschlagen worden. Ich weiß, was für einen dicken Schädel ich habe.«

Aber die Ärztin ließ sich nicht umstimmen. Er erreichte nur, daß sie Nat Fletcher bei Scotland Yard verständigte.

Zwanzig Minuten später war Nat da.

»Aha, du warst's also!« rief er aus, als er hereinkam.

»Wie bitte?«

»Bevor deine Ärztin angerufen hat, haben wir eine Meldung bekommen. Ein Autofahrer hat den Überfall gesehen und den nächsten Polizisten verständigt. Aber der Beamte hat nur dich aufgefunden; der andere Mann und das Mädchen waren verschwunden. Der Streifenpolizist hat als erstes einen Krankenwagen für dich angefordert.«

»Die junge Frau war verschwunden?«

»Richtig.« Nat setzte sich auf die Bettkante. »Sie soll blond gewesen sein. Doch nicht etwa Judy Black?«

Harry nickte – und fuhr zusammen, weil seine Kopfschmerzen dadurch schlimmer wurden. »Du mußt mich hier rausholen, Nat. Diese Frauenzimmer haben meine Sachen weggeräumt, damit ich . . .«

»Schon gut.« Nat stand auf. »Überlaß das mir.«

Fletchers Argumente schienen zu wirken. Die Krankenschwester brachte Harry widerstrebend seine Kleidung. Zehn Minuten später saß er blaß und angegriffen neben Nat, der den Dienstwagen fuhr.

»Nachträglich ist Kritik immer sehr leicht, Nat«, sagte Harry an der Hyde Park Corner. »Aber was hättest du an meiner Stelle getan?«

»Das weißt du genau! Ich hätte sie sofort zu Scotland Yard mitgenommen.«

»Wirklich?«

»Harry, du hast dich wie ein Schwachsinniger aufgeführt. Was sollen wir Yardley sagen?«

»Yardley interessiert mich nicht.« Harry betastete die große Beule an seinem Hinterkopf.

»Aber mich interessiert er, und in diesem Fall leite ich die Ermittlungen. Vielleicht denkst du gelegentlich einmal daran. Wenn der Chef das hört, geht er hoch.«

»Muß er's denn hören, Nat?«

Fletcher sah zu Harry hinüber. »Wie meinst du das?«

»Wenn ich Judy wiederfinde, bevor . . .«

»Wenn, wenn!« unterbrach Nat ihn. »Du weißt genau, daß du vorher wieder einen Tip bekommen müßtest. Sie hat gewußt, daß wir nach ihr gefahndet haben – warum hat sie sich dann nicht freiwillig gestellt?«

»Das weißt du so gut wie ich, Nat. Sie hat Angst gehabt.«

»Wovor denn? Warum soll sie Angst gehabt haben, wenn sie Newton nicht umgebracht hat?«

Sie fuhren die Park Lane entlang. Im Grosvenor House schien ein großer Empfang stattzufinden.

»Um Himmels willen, Nat! Sie hat mit Newton zusammengelebt, sie hat sich mit ihm gestrittn und hatte keinerlei Alibi für die Tatzeit. Kannst du nicht verstehen, daß sie deshalb Angst gehabt hat?«

»Okay, schon gut«, wehrte Nat ab. »Ich bin trotzdem der Ansicht, daß es falsch war, sich mit ihr auf eine Parkbank zu setzen.«

»Das war ein Fehler«, gab Harry zu. »Das war nicht mein erster und wird wahrscheinlich auch nicht der letzte sein.«

Nat schwieg zunächst. Er beobachtete einen Jaguarfahrer, der ständig die Spur wechselte.

»Hör zu, Harry«, sagte er schließlich, als Marble Arch vor ihnen aufragte. »Ich halte achtundvierzig Stunden lang den Mund. Aber wenn du Judy Black bis Dienstag abend nicht aufgespürt hast, muß ich Yardley von der Geschichte heute erzählen. Das ist wohl klar.«

»Danke, alter Junge«, antwortete Harry erleichtert. »Was hältst du übrigens von Judy Blacks Aussage? Glaubst du, daß sie die Wahrheit gesagt hat?«

»Teils, teils. Was den Abend vor der Ermordung deines Vaters betrifft, halte ich ihre Darstellung für wahr. Aber ich glaube, daß sie in bezug auf Peter Newton gelogen hat.«

»Wie meinst du das?«

»Weil er natürlich kein Immobilienmakler war. Dieser Tam Owen leitet einen erstklassigen Callgirlring, für den auch Newton gearbeitet hat. Und ich brauche dir wohl nicht zu erzählen, welche Möglichkeiten sich da ergeben.«

»Du hältst Judy also für eine Komplizin?«

»Natürlich«, bestätigte Nat. »Sie muß davon gewußt haben.«

Harry schüttelte langsam den Kopf. »Nein, das glaube ich nicht!«

»Das hätte ich mir fast denken können«, meinte Fletcher trocken.

Danach schwiegen sie verbissen, bis der Wagen in der Finchley Road vor dem Sportgeschäft hielt. Als Harry aussteigen wollte, griff Nat nach seiner Aktentasche, die auf dem Rücksitz lag. Er nahm das immer wieder erwähnte Hundehalsband heraus.

»Hier hast du das Halsband wieder. Wir sind damit fertig.«

»Ist es im Labor untersucht worden?«

»Allerdings! Aber das Ding ist ein ganz gewöhnliches Hundehalsband. Was Newton mit seiner Mitteilung gemeint haben kann, ist mir unverständlich.«

Harry ließ sich das Halsband geben. »Mir auch, Nat.«

»Was hat er dazugeschrieben? ›Deswegen ist Ihr Vater ermordet worden‹?«

»Richtig«, bestätigte Harry. »Gute Nacht, Nat. Und vielen Dank.«

Harry sah dem davonfahrenden Wagen nach. Er war noch immer etwas unsicher auf den Beinen. Als er die Haustür erreichte, sah er, daß er beim Weggehen anscheinend vergessen hatte, die Tür abzusperren.

Obwohl er genau wußte, daß er das Licht im Flur ausgeschaltet hatte, brannte es jetzt. Der Überfall im Park hatte Harry wachsam gemacht. Er hatte keine Lust, einen zweiten Schlag auf den Schädel zu riskieren, deshalb stieg er langsam und leise die Treppe hinauf.

Die Gestalt vor seiner Wohnungstür bestärkte nur sein Mißtrauen. Der Mann trug einen dunkelgrauen Anzug mit weißen Nadelstreifen, hatte eine Melone auf dem Kopf und hielt einen zusammengerollten Schirm in der linken Hand. Mit dem rechten Zeigefinger drückte er ungeduldig auf den Klingelknopf.

»Kann ich etwas für Sie tun?« fragte Harry.

Der Mann drehte sich ruckartig um und blinzelte vor Überraschung. Er hatte ein blasses Mondgesicht, und sein Kinn war glatt, als habe er sich erst vor kurzem rasiert.

»Oh . . . äh.« Der Besucher überwand seinen Schrecken nur langsam. »Ich suche einen Mr. Harry Dawson.«

»Der bin ich selbst.«

»Aha.« Der andere nickte eifrig. »Tut mir leid, daß ich unangemeldet bei Ihnen hereinplatze.«

»Wer sind Sie überhaupt?« Harry machte keine Anstalten, die Tür aufzusperren. »Was wollen Sie?«

»Oh, entschuldigen Sie bitte! Ich bin Hubert Rogers,

Mrs. Rogers Neffe. Wir kennen uns nicht persönlich, aber ich kann mir vorstellen, daß wir von meiner Tante viel voneinander gehört haben.«

»Ja, natürlich.« Harry bemühte sich, seine Überraschung zu verbergen. Er hatte sich Hubert anders vorgestellt. Mrs. Rogers' Neffe schien der Erfolgreiche in seiner Familie zu sein. Er war bei einer großen Versicherungsgesellschaft untergekommen. Das wußte Harry. Anzug und Krawatte saßen noch nicht ganz richtig, als müsse er sich erst an seine Position gewöhnen.

»Kommen Sie bitte herein, Mr. Rogers.«

Harry schloß auf und führte Hubert Rogers ins Wohnzimmer. Der andere legte Schirm und Melone sorgfältig auf einen Sessel. Er schüttelte verlegen lächelnd den Kopf, als Harry ihm einen Drink oder eine Zigarette anbot.

»Mr. Dawson, ich mache mir Sorgen wegen meiner Tante«, begann er, als sie sich gegenübersaßen. »Sogar große Sorgen. Deshalb wollte ich mit Ihnen sprechen.«

»Ja?« fragte Harry. »Aber Sie wissen wohl, daß Ihre Tante nicht mehr bei mir ist?«

»Ganz recht. Soviel ich gehört habe, arbeitet sie in diesem neuen Hotel . . . im Plaza Royal, glaube ich.«

»Ja, das stimmt.« Harry sah resigniert ein, daß er Hubert nicht so schnell abwimmeln konnte, wie er gedacht hatte. Er hatte bohrende Kopfschmerzen und konnte die Augen kaum noch offenhalten. Aber er wollte herausbekommen, weshalb Mrs. Rogers' Neffe gerade jetzt zu ihm gekommen war.

»Ich habe meine Tante sehr gern und verdanke ihr viel«, fuhr Hubert fort. »Sie hat mich nach dem Tod meiner Eltern aufgezogen. Aber im Augenblick macht sie mir große Sorgen. Ich glaube, daß sie . . . nun, ich glaube, daß sie allmählich überschnappt.«

Rogers betonte das letzte Wort, als sei es ein sehr gewagter Ausdruck.

»Wie kommen Sie darauf?«

»Oh, das hat einen bestimmten Grund. Sie hat mich schon oft angerufen – und immer wegen der gleichen Sache. Sie behauptet – entschuldigen Sie, wenn ich das wiederhole –, Sie hätten ihr etwas gestohlen.«

»Gestohlen? Großer Gott, was soll ich ihr gestohlen haben?«

Hubert lachte verlegen. »Jetzt wird die Sache erst richtig absurd, Mr. Dawson. Sie behauptet, Sie hätten ihr ein Hundehalsband gestohlen.«

Harry starrte ihn nachdenklich an. Judy hatte von einem Hundehalsband gesprochen, bevor er niedergeschlagen worden war. Er betastete automatisch die große Beule.

»Sie meint wohl das Halsband, das mein Vater ihr für Zero geschenkt hat?«

»Richtig! Ich weiß nicht, warum sie immer wieder darauf zurückkommt. Sie hat Ihren Vater natürlich sehr gern gehabt – aber jetzt, wo sie den Hund zurückbekommen hat, müßte sie eigentlich zufrieden sein. Warum kauft sie sich nicht einfach ein neues Halsband? Ich habe ihr selbst angeboten, ihr eines für Zero zu kaufen, aber ...«

»Aber sie will kein anderes, Mr. Rogers«, warf Harry ein. Er zog etwas aus der Jackentasche. »Sie will das hier.«

Hubert starrte das Halsband verblüfft an.

»Hat sie deswegen soviel gejammert?«

»Ja.«

»Großer Gott.« Rogers streckte die Hand aus. »Darf ich?«

»Ja, natürlich.«

Harry beobachtete, wie Hubert das Hundehalsband von allen Seiten betrachtete, bevor er es zurückgab.

»Es ist ganz hübsch, aber ich verstehe die Aufregung trotzdem nicht.«

»Ich auch nicht, Mr. Rogers.« Harry stand auf und legte das Halsband auf den Schreibtisch. »Sie können Ihrer Tante bestellen, daß sie es zurückhaben kann, wenn sie sich mit mir in Verbindung setzt.«

»Wirklich?« Hubert schien erleichtert zu sein, daß sein Besuch sich gelohnt hatte. »Oh, damit wäre dieses Problem gelöst. Ich danke Ihnen, Mr. Dawson!«

Harry beglückwünschte sich, daß das Gespräch nun doch so kurz gewesen ist. Aber Hubert blieb in der Diele nochmals stehen.

»Es geht mich eigentlich nichts an, und ich hoffe, daß Sie die Frage entschuldigen werden – aber warum haben Sie ihr das Halsband nicht gleich mitgegeben, als sie den Pudel geholt hat?«

»Aus einem ganz einfachen Grund – weil ich es nicht hatte. Chefsuperintendent Yardley hat es gehabt.«

Hubert Rogers starrte ihn neugierig an, aber Harry zuckte nur mit den Schultern.

»Er wollte es sich ansehen, Mr. Rogers. Aber das habe ich Ihrer Tante alles erzählt. Sie hat gewußt, daß Scotland Yard das Halsband hat.«

»Tatsächlich? Da sehen Sie, wie schlimm es mit ihr steht. Davon hat sie mir kein Wort gesagt.«

Hubert schüttelte den Kopf und gab Harry zum Abschied die Hand. Sein Händedruck war schwach und unentschlossen.

»Danke, Mr. Dawson«, wiederholte er.

Harry hielt ihm die Wohnungstür auf. »Bestellen Sie Mrs. Rogers, sie möchte mich anrufen.«

»Wird gemacht. Und nochmals vielen Dank. Gute Nacht.«

»Gute Nacht.«

Harry schloß die Tür hinter ihm, ging aber nicht ins Wohnzimmer zurück, sondern holte zwei Kopfschmerzentabletten aus seinem Zimmer und schluckte sie im Bad. Als er sich im Spiegel über dem Waschbecken sah, erschrak er vor sich selbst. Der Mann, der ihm aus dem Spiegel entgegenblickte, schien um zehn Jahre gealtert zu sein.

Heute nacht mußte er unbedingt etwas Schlaf nachholen.

Als er durchs Wohnzimmer in die Küche wollte, sah er das Hundehalsband auf dem Schreibtisch liegen. Er blieb stehen, griff danach und ging damit über die Wendeltreppe in den Laden hinunter. Dort betrat er das Büro, ohne Licht zu machen, öffnete den versteckten Wandtresor und schloß das Halsband ein.

*

Der Anruf kam am nächsten Vormittag gegen elf Uhr. Harry hatte einige Entscheidungen getroffen, für die Douglas Croft nicht mehr zuständig war. Er hatte lange geschlafen und wirkte sichtlich erholt. Als das Telefon im Büro klingelte, sprach er gerade mit Liz. Douglas steckte den Kopf aus der Bürotür.

»Für Sie, Mr. Dawson. Mrs. Rogers möchte Sie sprechen.«

Harry kam rasch ins Büro und wartete, bis Douglas die Tür von außen geschlossen hatte, bevor er sich meldete.

»Mrs. Rogers? Hier ist Dawson.«

»Hallo, Mr. Dawson. Tut mir leid, daß ich Sie schon wieder belästigen muß, aber ich habe eben mit meinem Neffen Hubert gesprochen. Er hat mir erzählt, daß er gestern abend bei Ihnen gewesen ist.«

Ihrer Sprechweise nach war sie nervös und verlegen. Harry hörte im Hintergrund Motorengeräusche und erriet, daß sie von einer Telefonzelle aus sprach.

»Richtig, Mrs. Rogers. Wir haben eine recht interessante Unterhaltung geführt.«

»Ich . . . ich habe gehört, daß Sie Zeros Halsband zurückbekommen haben?«

»Ganz recht«, bestätigte Harry. »Möchten Sie es haben, Mrs. Rogers?«

»Ja, Mr. Dawson«, sagte sie rasch. Sie war offenbar erleichtert, weil Harry dieses Thema selbst angeschnitten hatte. »Wären Sie so freundlich, mir das Halsband zu schikken? Sie brauchen es nur . . .«

»Nein, ich möchte es lieber nicht schicken, Mrs. Rogers«, unterbrach er sie. »Ich will nämlich auch etwas von Ihnen. Wir können sozusagen einen Tausch machen.«

Harry schob geistesabwesend ein Buch, das vom Schreibtisch zu rutschen drohte, zur Seite. Es war das Handbuch eines englischen Automobilklubs, das beim Ortsverzeichnis aufgeschlagen war.

»Was wollen Sie von mir?« fragte Mrs. Rogers nach einer kurzen Pause nervös.

»Informationen.«

»Worüber?«

»Über Ihren Freund Tam Owen.«

Sie zögerte kaum merklich, bevor sie scharf, fast ärgerlich sagte: »Ich kenne keinen Tam Owen!«

»Ich glaube, daß Sie ihn doch kennen, Mrs. Rogers. Das Halsband liegt hier, wenn Sie es abholen wollen. Sie können jederzeit vorbeikommen.«

»Nein, warten Sie doch!« Das klang ängstlich, denn sie merkte, daß er auflegen wollte. »Ich will nicht zu Ihnen kommen. Das ist . . . das paßt mir sehr schlecht. Kennen Sie den Golden Plough?«

»Den Pub in St. John's Wood?«

»Ja. Dort können wir uns heute abend treffen, Mr. Dawson. Gegen sieben Uhr in der Bar. Ich komme hin.«

Sie hängte ein. Harry ließ den Hörer langsam sinken. Sein Blick fiel auf das offene Handbuch. Es war bei A aufgeschlagen, und jemand hatte eine Stadt angekreuzt.

Aldeburgh.

*

Der Golden Plough war ein modernes Pub mit zwei Bars und einem kleinen Restaurant. Die Salonbar, die Mrs. Rogers gemeint haben mußte, war teuer eingerichtet – Spiegelwände, indirekte Beleuchtung und Kunstledersitze. Aus Deckenlautsprechern kam diskrete Tonbandmusik.

Als Harry die Bar betrat, saßen bereits mehrere Gäste an den Tischen an der Längsseite des Raumes. Zwei Männer hatten sich an der Snackbar einen Imbiß bestellt. Ein dritter, etwas älterer Mann stand in der Nähe der Bar und behielt die Tür der Damentoilette im Auge. Er trug einen Kamelhaarmantel mit Pelzkragen und streichelte mit einer Hand die Siamkatze auf seiner Schulter.

Er zuckte leicht zusammen, als Harry ihn ansprach: »Hallo, Mr. Heaton.«

»Oh, hallo, Mr. Dawson. Guten Abend.« Er hatte sich umgedreht und war vor Überraschung oder aus Verlegenheit rot geworden. Er schien sich für einen besonderen Anlaß feingemacht zu haben.

»Wie geht's?« fragte Harry, als sie sich die Hand gaben.

»Oh, mir geht's ausgezeichnet, Sir. Ich habe Sie hier noch nie gesehen. Sind Sie oft hier?«

»Nein, ich will mich hier nur mit einer Bekannten treffen. Sind Sie hier Stammgast?«

»Ja, mein Laden ist gleich um die Ecke, wissen Sie. Oh!«

Dieser Ausruf galt der Rothaarigen, die eben aus der Damentoilette kam. Sie war etwa dreißig und hatte eine sehenswerte Figur, aber ziemlich scharfe Gesichtszüge. Als sie

Harry mit Heaton reden sah, blieb sie kurz stehen und gab sich dann einen Ruck. Sie kam lächelnd auf die beiden Männer zu.

»Ich bin soweit, Schätzchen«, erklärte sie Heaton. »War Chow inzwischen brav?«

»Ja, er hat sich musterhaft benommen.«

Sie nahm ihm den Siamkater ab und setzte ihn auf ihre eigene Schulter. Als Harry sie weiter anstarrte, erwiderte sie seinen Blick mit einem herausfordernden Lächeln.

»Entschuldigung«, sagte Harry, »aber sind Sie nicht mit Judy Black befreundet?«

»Oh, das habe ich ganz vergessen!« warf Heaton ein. »Ich hätte die Vorstellung übernehmen müssen. Mr. Dawson ... Miss Linda Wade. Mr. Dawson ist bei Scotland Yard.«

Linda erwiderte noch immer Harrys Blick. Ihr Lächeln blieb unverändert.

»Freut mich, Sie kennenzulernen. Haben Sie Judy Black gesagt? Nein, ich kenne niemand, der so heißt.«

»Aber Sie waren doch gestern mit ihr zusammen! Sie sind mit ihr aus dem Restaurant Chez Maurice in der Greek Street gekommen.«

»Nein, da irren Sie sich«, antwortete Linda freundlich. »Tut mir leid, ich kenne keine Judy Black.« Sie wandte sich ab und hängte sich bei Heaton ein. »Komm, Schätzchen, ich krieg allmählich Hunger.«

Heatons Lächeln war halb entschuldigend, halb stolz. Er war verlegen, weil er unerwartet mit Harry zusammengetroffen war; gleichzeitig sonnte er sich in dem Bewußtsein, daß alle Gäste Linda nachsahen, als sie mit ihm die Bar verließ.

Harry sah den beiden nach und trat dann an die Bar. Der Barmixer kam rasch zu ihm.

»Einen Scotch mit Soda«, bestellte Harry.

»Entschuldigung, Sir, aber ich habe eben Ihren Namen gehört. Sie sind Mr. Dawson, stimmt's?«

»Ja.«

»Eine Mrs. Rogers hat für Sie angerufen, Sir. Sie läßt sich entschuldigen. Sie kann leider nicht kommen.«

»Wann war das?« fragte Harry scharf. »Wann hat sie angerufen?«

»Vor etwa einer halben Stunde.«

»Hat sie sonst nichts gesagt?«

»Doch – sie will Sie später anrufen, Sir. Bei Ihnen zu Hause.«

»Aha. Okay, vielen Dank.«

»Scotch mit Soda, Sir.«

»Bringen Sie mir einen Doppelten«, entschied Harry. »Aber ohne Eis.«

*

Das Telefon klingelte, als Harry die Wohnungstür aufschloß. Er stieß sie rasch auf, lief ans Telefon und nahm den Hörer ab.

»Hallo?« Keine Antwort. »Hallo! Mrs. Rogers?«

Noch immer keine Antwort. Harry klopfte mit den Fingernägeln auf die Sprechmuschel. Daraufhin ertönte sofort das Amtszeichen.

»Verdammt noch mal!«

Er knallte den Hörer auf die Gabel und starrte ihn wütend an. Sekunden später klingelte das Telefon erneut. Aber als Harry den Hörer abnahm, hörte er wieder nur das Amtszeichen.

Harry kochte vor Wut. Er zog seinen Mantel aus und warf ihn aufs Sofa. Dann zündete er sich eine Zigarette an und behielt dabei das Telefon im Auge, weil er damit rechnete, daß es erneut klingeln würde.

Als das Klingeln ausblieb, verließ er das Wohnzimmer,

öffnete die Tür seines eigenen Zimmers und machte Licht. Er zog seine Jacke aus, öffnete den Kleiderschrank und wollte nach einem Kleiderbügel greifen.

Die Tür schwang auf, so daß der innen angebrachte große Spiegel den Rest des Raumes zeigte, als schwenke eine Kamera. Er zeigte das Bett und bewegte sich weiter.

Im nächsten Augenblick hielt Harry die Tür fest und holte sie etwas zurück. Der Spiegel zeigte ihm eine Szene, die er zunächst nicht glauben wollte. Auf seinem Bett lag eine rundliche Frau mit dem Gesicht nach unten. Ihr Hut mit den Plastikblumen saß schief, und ihr Rock war bis weit über die Knie nach oben gerutscht. In ihrem Rücken steckte das Tranchiermesser mit dem Elfenbeingriff aus der Küche.

*

Harry kannte dieses Gefühl bereits. Er hatte es zum erstenmal in Yardleys Büro kennengelernt. Jetzt fragte er sich erneut, ob das alles wirklich passiert oder ob er vielleicht nur besonders lebhaft träumt. Er saß hier in seiner eigenen Wohnung und wurde von seinem eigenen Vorgesetzten vernommen. Das Erschreckende war dabei, daß seine Antworten lahm und falsch klangen, obwohl er sich bisher strikt an die Wahrheit gehalten hatte.

»Wenn Sie mir nicht glauben, wenn Sie mir kein Wort glauben, hat es keinen Zweck, daß ich überhaupt etwas sage!«

Er stand auf, um sich eine neue Zigarette aus dem Kasten auf dem Couchtisch zu holen – die dritte seit dem Eintreffen der Polizei. Normalerweise rauchte er nur wenig.

»Augenblick, das möchte ich richtigstellen!« Yardley beobachtete Harry, als versuche er zu erkennen, ob seine Hände zitterten. »Ich bestreite nicht, daß Sie in diesem Pub gewesen sind. Das läßt sich außerdem nachprüfen, wenn wir den Barmixer und diesen Heaton vernehmen. Aber ich verstehe nicht, warum Sie ausgerechnet im Golden Plough waren.«

»Ich habe Ihnen bereits gesagt, warum ich dort hingefahren bin«, antwortete Harry aufgebracht. »Ich sollte dort Mrs. Rogers treffen.«

Von seinem Platz aus konnte er in sein eigenes Zimmer hinübersehen, wo jetzt Kriminalbeamte damit beschäftigt waren, Spuren zu sichern.

»Aber warum ist sie nicht hierher gekommen?« Yardley sah in seinen Notizen nach. »Warum haben Sie sich mit ihr in einem Pub in St. John's Wood treffen wollen?«

»Ich weiß nicht, warum sie diesen Treffpunkt vorgeschlagen hat, Sir. Das war ihre Idee, nicht meine.«

»Sie haben sie aufgefordert, hierher zu kommen, und sie hat sich geweigert«, stellte Yardley fest. »Deshalb wollten Sie sich im Golden Plough mit ihr treffen. Das ist also Ihre Story, Dawson?«

Harry, der aufgestanden und an den Kamin getreten war, drehte sich ruckartig um. Er hätte Yardleys Blick erwidert, wenn der andere ihn angesehen hätte. Aber der Chefsuperintendent klappte eben sein Notizbuch zu und steckte es ein.

»So war's wirklich, Sir. Das ist nicht nur eine Story.«

Yardley brauchte sich nicht mehr dazu zu äußern, weil Nat Fletcher in diesem Augenblick an der Tür erschien. Der Kriminalbeamte machte ein ausdrucksloses Gesicht, was Harry nur allzu gut verstehen konnte. Wer an den Tatort kam, eine Leiche sah und den Polizeiarzt bei der Arbeit beobachtete, mußte innerlich Abstand wahren.

»Wir sind fertig, Sir. Wir haben alles, was wir brauchen.«

Yardley nickte zufrieden und stemmte sich aus dem Ledersessel hoch. »Danke, Nat.«

Fletcher wandte sich an Harry. »Weißt du bestimmt, daß du die Leiche nicht angefaßt hast?«

Harry nickte nachdrücklich. »Bestimmt nicht, Nat. Ich bin nicht einmal in ihre Nähe gekommen.«

»Gut. Wie steht es mit ihren Verwandten? Gibt es einen Mr. Rogers?«

»Nein, der ist vor acht oder neun Jahren gestorben. Soviel ich weiß, ist ihr Neffe ihr einziger Angehöriger. Er heißt Hubert Rogers und arbeitet bei der Storm Insurance Company.«

»Hier in London?«

»Ja, das nehme ich an.«

Yardley war inzwischen aufgestanden. »Gut, das können Sie mir überlassen, Nat.« Sein Blick fiel auf die Uhr auf dem Kaminsims. »Großer Gott, jetzt sind wir schon zwei Stunden hier! Wir sehen uns dann morgen früh, Nat.«

»Ja, Sir.«

Yardley nickte Harry kurz zu, bevor er hinausstapfte. Nat ging zu einem Sessel, auf dem sein Mantel lag.

»Er glaubt mir nicht, Nat«, beschwerte Harry sich. »Der Alte glaubt mir kein Wort.«

Fletcher zog sich langsam den Mantel an, sah sich um, ob er nichts vergessen hatte, und erwiderte erst dann Harrys Blick. Er runzelte die Stirn, und sein Gesicht drückte etwas aus, das Harry neu war. Nat wirkte nicht richtig feindselig oder mißtrauisch, aber die bisherige Freundlichkeit war verschwunden.

»Auf Wiedersehen, Harry«, sagte er und folgte seinem Chef hinaus.

Harry blieb im Wohnzimmer zurück, rauchte mehr Zigaretten, als gut für ihn war, und trank den Kaffee, den er sich gekocht hatte. Er hörte die Kriminalbeamten, die sein Zimmer auf den Kopf stellten, aber er brachte es nicht über sich, zu ihnen hinauszugehen und sich zu erkundigen, wie sie vorankommen. Diese Männer waren seine Kollegen, aber jetzt standen sie plötzlich auf der anderen Seite einer unsichtbaren Barriere. Harry begann zu verstehen, wie es einem geistig gesunden Menschen zumute sein mußte, wenn er zwangsweise in eine Nervenheilanstalt eingewiesen wurde.

Die Kriminalbeamten schienen endlos lange zu brauchen. Es war Mitternacht, bevor ein Leichenwagen kam, um die Tote abzutransportieren. Zwanzig Minuten später fiel die Haustür ins Schloß. Harry wußte, daß er wieder allein war.

Wenige Minuten später klingelte es. Harry schrak aus seinen Gedanken auf und ärgerte sich über diese neuerliche Störung. Wahrscheinlich hatte einer der Kriminalbeamten etwas vergessen.

Aber der Mann vor der Haustür war kein Kriminalbeamter; er war Hubert Rogers, der kaum noch Ähnlichkeit mit dem korrekten Gentleman vom Vortag hatte. Er schien bereits geschlafen zu haben und aus dem Bett geholt worden zu sein. Er hatte sich hastig gekämmt und trug zu alten Flanellhosen einen grünen Rollkragenpullover und weiche Mokassins, die ein Andenken aus Nordafrika sein konnten.

»Mr. Rogers«, sagte Harry überflüssigerweise. Er hätte sich denken können, daß Hubert auf die Todesnachricht hin als erster zu ihm kommen würde. »Kommen Sie bitte herein.«

»Dawson, ist das wahr – das mit meiner Tante? Ist das wirklich wahr?«

»Ja, es ist leider wahr, Mr. Rogers.«

Hubert betrat die Wohnung und sah ängstlich zu der abgesperrten und versiegelten Tür von Harrys Schlafzimmer hinüber.

»Mein Gott, ich kann es einfach nicht glauben. Ein gewisser Yardley – er muß der Chefsuperintendent sein, von dem Sie gesprochen haben – war bei mir. Ein großer, schwerer Mann.«

»Richtig, das ist er.« Harry schloß die Wohnungstür. »Kommen Sie, ich gebe Ihnen einen Drink. Sie scheinen einen zu brauchen.«

Er legte dem verwirrten Rogers eine Hand auf die Schulter und führte ihn ins Wohnzimmer.

»Was darf's sein? Whisky oder . . .«

»Danke, ich trinke keinen Alkohol«, wehrte Hubert ab. »Sagen Sie mir bitte, was passiert ist.«

»Hat Yardley Ihnen das nicht erzählt?«

Auch wenn Hubert sich weigerte, einen Whisky zu trinken, wollte Harry nicht darauf verzichten. Er schenkte sich einen Scotch ein, während Rogers wiederholte, was er von Yardley erfahren hatte.

»Ja, das stimmt«, bestätigte Harry. »Genauso war's.«

»Aber das verstehe ich nicht!« Hubert starrte ihn besorgt und anklagend zugleich an. »Als ich mit meiner Tante gesprochen habe . . .«

»Setzen Sie sich bitte, Rogers«, unterbrach Harry ihn energisch. »Ich habe Ihnen etwas zu sagen.«

Hubert sah sich um und entschied sich für einen gewöhnlichen Stuhl. Harry ließ sich in den Ledersessel fallen, in dem Yardley gesessen hatte.

»Ich will nicht bestreiten, daß Ihre Tante und ich nie sonderlich gut miteinander ausgekommen sind. Ich war ehrlich gesagt nicht einmal traurig, als sie sich entschloß, mich zu verlassen. Ich habe sie nicht leiden können und bin ihr wahrscheinlich ebenso unsympathisch gewesen. Aber ich habe sie nicht ermordet, Rogers.«

»Hören Sie, das habe ich nie angenommen!« protestierte

Hubert. Er rutschte unbehaglich auf dem Stuhl hin und her. »Darauf wäre ich nie gekommen. Und Sie irren sich, wenn Sie glauben, meine Tante hätte Sie nicht leiden können. Sie hat sehr viel von Ihnen gehalten, Dawson – von Ihnen und von Ihrem Vater.«

Rogers stand auf und ging zwischen Tür und Fenster auf und ab, als wolle er dadurch Harrys skeptischem Blick ausweichen.

»Aber es gibt etwas anderes, das ich nicht verstehe. Es ist mir einfach unerklärlich.«

»Was denn?« erkundigte Harry sich.

»Nach meinem Besuch bei Ihnen habe ich meine Tante angerufen und ihr mitgeteilt, Sie seien bereit, ihr Zeros Halsband zurückzugeben. Sie war hellauf begeistert.«

»Bitte weiter.«

»Aber heute nachmittag ist sie unerwartet zu mir gekommen. Sie hat mir dabei erzählt, sie habe mit Ihnen telefoniert und werde sich heute abend das Halsband bei Ihnen abholen.«

Harry war so überrascht, daß er aufsprang und dabei sein Whiskyglas von der Sessellehne stieß. Der Inhalt hinterließ einen großen feuchten Fleck auf dem Teppich, aber Harry kümmerte sich nicht darum.

»Sie hat behauptet, wir hätten uns hier in meiner Wohnung treffen wollen?«

»Ja. Sie hat mir erzählt, Sie hätten sie abends zu einem Drink eingeladen. Wie Sie sich vorstellen können, hat ihr das richtig geschmeichelt.«

»Aber . . . aber das ist nicht wahr!«

Rogers zuckte mit den Schultern.

»Tut mir leid, aber ich kann nur wiederholen, was sie mir erzählt hat, Dawson.«

Harry schluckte trocken.

»Haben Sie . . . haben Sie das auch dem Chefsuperintendenten erzählt?«

»Ja. Natürlich hab' ich das getan, mein Lieber. Was hätte ich sonst sagen sollen?«

*

Am nächsten Morgen konnte Harry sich nur schwer auf die notwendigen geschäftlichen Entscheidungen konzentrieren. Ein Spaziergang wäre vielleicht nützlich gewesen, aber er wußte, daß Yardley irgendwann aufkreuzen würde, und wollte die Sache hinter sich bringen. Dann war er doch froh, daß er im Laden geblieben war, weil er ein sehr interessantes Gespräch mit Douglas Croft führen konnte.

Harry war noch im Büro, als er draußen den Dienstwagen vorfahren sah. Yardley zog sich beim Aussteigen an der Tür hoch. Auf der anderen Seite stieg Nat Fletcher aus.

»Sagen Sie ihnen bitte, daß ich hier bin?« forderte Harry Liz auf.

Sie lief hinaus, während Douglas die Stoffmuster, die er Harry hatte zeigen wollen, einsammelte und mit ihnen aus dem Büro verschwand. Er hatte es eilig, sich zu verdrücken. Fletcher war morgens bei ihm zu Hause gewesen, bevor er ins Geschäft gefahren war, und hatte ihn mit einer ganzen Reihe Fragen förmlich überfallen. Douglas hatte keine Lust, eine zweite Runde zu erleben.

Yardley begrüßte Harry mit einem Nicken und nahm auf dem angebotenen Stuhl Platz. Nat Fletcher blieb an einen Aktenschrank gelehnt stehen.

Der Chefsuperintendent kam sofort zur Sache. »Ich war letzte Nacht bei Mr. Rogers – dem Neffen der Ermordeten.«

»Ja, ich weiß.«

»Dann wissen Sie wohl auch, daß seine Tante gestern nachmittag bei ihm gewesen ist und was sie erzählt hat?«

»Ja.« Harry hörte selbst, wie heiser seine Stimme klang, und konnte sich vorstellen, daß er blaß geworden war. »Das ist nicht wahr, Sir.«

Yardley warf ihm einen prüfenden Blick zu und sah dann zu Nat hinüber. Für Nat war das ein Zeichen, sich an dem Verhör zu beteiligen.

»Soll das heißen, daß du Rogers für einen Lügner hältst? Glaubst du ihm nicht, daß seine Tante ihn besucht und ihm erzählt hat, daß sie . . .«

»Doch, ich glaube, daß sie ihm von einer angeblichen Einladung hierher erzählt hat, aber das war gelogen!«

»Warum hätte sie in diesem Punkt lügen sollen?« erkundigte Yardley sich.

»Das weiß ich nicht, Sir. Ich wollte, ich wüßte es. Aber sie hat gelogen, das läßt sich beweisen.«

»Wie denn, Harry?« wollte Nat wissen.

»Sie hat im Golden Plough angerufen und mir ausrichten lassen, sie könne nicht kommen. Warum hätte sie das tun sollen, wenn wir vereinbart gehabt hätten, uns hier zu treffen?«

»Irgend jemand hat in dem Pub angerufen«, stellte Yardley richtig. »Wir wissen nicht bestimmt, ob das Mrs. Rogers gewesen ist.«

Das Telefon auf Harrys Schreibtisch klingelte.

»Der Barmixer hat sie nicht gekannt«, bestätigte Fletcher. »Für ihn war die Anruferin nur irgendeine Frau, die sich Mrs. Rogers genannt hat.«

»Ja, ich weiß, Nat, aber wenn du jedes Wort anzweifelst . . .« Harry machte eine irritierte Pause. Das Telefon klingelte unüberhörbar. Er nahm ab.

»Hallo? . . . Ja, am Apparat . . . Ja, er ist da. Er ist eben gekommen.« Er hielt Nat den Hörer entgegen. »Dein Büro.«

Zu seiner Überraschung griff Nat nicht nach dem Telefonhörer.

»Kann ich von einem anderen Apparat aus sprechen?«

»Ja – du brauchst nur nach oben ins Wohnzimmer zu gehen. Ich stelle das Gespräch durch.«

Harry wartete, bis er annehmen konnte, daß Nat oben am Telefon war. Erst dann legte er den Hörer auf. Die Tatsache, daß Nat nicht in seiner Gegenwart hatte telefonieren wollen, zeigte deutlich, welch tiefe Kluft sich zwischen ihnen aufgetan hatte. Für die anderen war Harry kein Kollege mehr; er gehörte in zwei Mordfällen zu den Verdächtigen.

Er sah wieder zu Yardley hinüber und wartete auf die Fragen, die nun kommen würden. Er mußte einen klaren Kopf bewahren und bei seiner Aussage bleiben. Irgendwann würde etwas passieren, das bewies, daß er nicht gelogen hatte.

»Wenn ich mich recht erinnere, haben Sie mir erzählt, Mrs. Rogers habe im Royal Plaza gearbeitet, Dawson.«

»Richtig, das hat sie gesagt«, bestätigte Harry.

Yardley schüttelte den Kopf, als bedaure er, wieder eine von Harrys Behauptungen widerlegen zu müssen. »Sie hat dort als Hotelgast gewohnt – in einem Zimmer im zehnten Stock, das sie sich für fünf Wochen hat reservieren lassen. Das Zimmer allein hat zwölf Pfund pro Tag gekostet.«

»Aber wie hat Mrs. Rogers sich das leisten können?«

»Das weiß ich auch nicht.«

Harry brauchte eine halbe Minute, um sich mit dieser Tatsache abzufinden. »Weiß ihr Neffe davon?«

»Ja, seit heute morgen. Nat hat ihm davon erzählt.«

»Was hat er dazu gesagt?«

»Er war ziemlich verblüfft. Er hatte wie Sie den Eindruck, daß seine Tante dort arbeitet.«

»Das verstehe ich nicht!« stellte Harry fest. »Das ist mir

unbegreiflich!«

»Mir auch, Dawson. Aber es gibt vieles, was ich nicht verstehe.« Yardley kam ächzend auf die Beine und schien das ganze Büro auszufüllen, als er vor Harry stand. »Warum packen Sie nicht endlich aus, Dawson?«

»Ich?« fragte Harry empört.

»Ja, Sie!« Yardleys Blick schien ihn durchbohren zu wollen. »Meiner Meinung nach haben Sie mir nicht die Wahrheit gesagt. Sie haben in fast jedem Punkt Ausflüchte vorgebracht.«

»Ich habe Ihnen die Wahrheit über die Conways gesagt – und was ist dann passiert?« wandte Harry ein. »Sie haben mir nicht geglaubt.«

»Wie hätte ich Ihnen glauben können, wenn die Conways eine ganz andere Darstellung gegeben haben und der Scheck bei Newton gefunden wurde? Und dann dieser Unsinn mit Arnold Conway und dem Rollstuhl! Inspektor Emerson hat sich beinahe schiefgelacht, als ich davon gesprochen habe.«

»Trotzdem war das die Wahrheit, Sir. Und ich kann Ihnen noch etwas über die Conways erzählen, was Sie auch nicht glauben werden . . .«

»Ja?« fragte Yardley, als Harry zögerte.

»Sie hat eine Affäre mit meinem Vater gehabt«, erklärte Dawson ihm.

»Mrs. Conway, meinen Sie?«

»Richtig.«

»Von wem wissen Sie das?«

Harry zeigte in den Laden hinaus, wo Douglas Croft einen Kunden beriet, der einen Tennisschläger kaufen wollte. »Croft hat die beiden gesehen. Er war an einem Wochenende in Worthing. Sybil Conway und mein Vater haben dort im gleichen Hotel gewohnt.«

Yardley stieß einen leisen Pfiff aus.

»Warum haben Sie mir das nicht früher erzählt?«

»Er hat es mir erst heute morgen kurz vor Ihrer Ankunft gesagt.«

»Weiß er das ganz bestimmt?«

»Ja. Zuerst hat mein Vater so getan, als kenne er Douglas nicht, aber dann hat er doch mit ihm gesprochen. Er hat ihm alles erklärt. Mrs. Conway sei mit einem Invaliden verheiratet, der an den Rollstuhl gefesselt sei, so daß eine Scheidung nicht in Frage komme. Und er hat Douglas gebeten, den Mund zu halten.«

»Woher weiß Croft, daß sie Conway geheißen hat? Mich wundert, daß Ihr Vater einen Namen genannt haben soll.«

»Das hat er auch nicht getan. Aber sie hat Douglas neulich wegen einer Perlenkette angerufen, die mein Vater für sie reparieren lassen wollte. Sie wußte nicht, was damit geschehen ist und dachte, die Quittung sei im Büro, so daß Douglas ihr die Kette bringen könnte. Er sollte sie in ein Hotel in Aldeburgh bringen.«

»War die Reparaturquittung im Büro?«

»Nein.«

»Und Sie glauben, daß Mrs. Rogers von dieser Affäre zwischen Ihrem Vater und Mrs. Conway gewußt hat?«

Harry nickte wortlos.

Yardley starrte nachdenklich in den Laden hinaus. Dann sah er Nat Fletcher entgegen, der die Wendeltreppe heruntergepoltert kam. Er fragte sich offenbar, ob sie die Mitteilung in Dawsons Gegenwart besprechen durften.

»Für Sie ist eine Nachricht aus Hampstead eingegangen, Sir. Von Inspektor Emerson.«

»Ja, was gibt's denn?«

»Er will Sie anscheinend dringend sprechen.« Nat sah

kurz zu Harry hinüber. »Es handelt sich um einen Rollstuhl.«

*

Yardley erkannte den Bentley, der aus dem Hof des Polizeireviers Hampstead fuhr, als er dort ankam. Conway saß am Steuer, seine Frau saß neben ihm. Die beiden wirkten müde und schienen sich zu streiten; sie achteten jedenfalls nicht auf den unauffälligen Dienstwagen.

Emerson und Yardley waren alte Freunde. Sie unterhielten sich einige Zeit über gemeinsame Erlebnisse, bevor der Inspektor zur Sache kam.

»Bei den Conways ist letzte Nacht gegen Mitternacht eingebrochen worden. Ein Streifenpolizist hat den Alarm gegeben. Alle Räume waren durchwühlt worden, aber wir konnten erst feststellen, ob etwas gestohlen worden war, als die Conways zurückkamen. Sie waren ziemlich wütend, weil wir sie in Aldeburgh aus dem Hotelbett haben holen lassen. Sie sind gegen vier Uhr morgens angekommen.«

Der Inspektor hob abwehrend die Hand, als Yardley etwas fragen wollte.

»Nein, Hal, ich komme schon zur Sache. Als ich mir die Villa zum erstenmal angesehen habe, ist mir in einem Schlafzimmer etwas aufgefallen, das mich wegen eines kürzlichen Gesprächs sofort interessiert hat. Ich brauche dir wohl nicht zu sagen, was ich meine.«

»Einen Rollstuhl«, warf Yardley ein.

»Richtig. Der Rollstuhl hat zusammengeklappt in einem Einbauschrank gestanden, dessen Tür aufgebrochen worden war.« Emerson begann, sich seine Pfeife zu stopfen. »Als die Conways zurückgekommen waren, habe ich sie gebeten, sich im Haus umzusehen und eine Liste der gestohlenen Gegenstände aufzustellen. Sie haben mir erklärt, offenbar sei nichts entwendet worden. Das ist mir unwahrscheinlich vorgekommen, deshalb habe ich Conway aufgefordert, mich auf einem Rundgang zu begleiten. Ich habe dabei auch in den Schrank gesehen – aber der Rollstuhl war verschwunden!«

»Einfach weg?«

»Ganz recht. Jemand hat ihn fortgeschafft, nachdem ich ihn gesehen hatte.«

»Hast du dich dazu geäußert?«

»Nein. Ich habe Conway auf das aufgebrochene Schloß hingewiesen und ihn gebeten, sich davon zu überzeugen, ob nichts gestohlen worden ist. Aber er hat mir erklärt, aus diesem Einbauschrank sei nichts verschwunden.«

Yardley seufzte erleichtert auf. Emerson zündete seine Pfeife an und entlockte ihr gewaltige Rauchschwaden.

»Danke, Dick«, sagte der Chefsuperintendent. »Ich habe die Conways übrigens eben wegfahren gesehen. Sie waren anscheinend nicht gerade bester Laune.«

»Ganz recht. Damit sind wir bereits beim nächsten Punkt. Die Conways waren vorhin hier. Mrs. Conway hat mir erklärt, sie hätten inzwischen festgestellt, daß eine Perlenkette gestohlen worden ist. Sie hat mir die Kette genau beschrieben. Ich finde es allerdings etwas merkwürdig, daß ein Einbrecher ausgerechnet nur eine Perlenkette gestohlen haben soll.«

»Wieviel ist sie wert?« erkundigte Yardley sich.

»Ungefähr fünfhundert Pfund.« Emerson runzelte die Stirn. »Aber mich macht vor allem die Sache mit dem Rollstuhl stutzig.«

»Da bist du nicht der einzige, Dick.«

*

Etwa zur gleichen Zeit, als Yardley bei Inspektor Emerson saß, öffnete Harry die Tür von Sidney Heatons Zoogeschäft. Heaton bediente eben einen Kunden, aber er begrüßte Harry mit freundlichem Nicken.

Als der Kunde gegangen war, kam Heaton auf Harry zu.

»Guten Morgen, Mr. Dawson. Ich habe Sie schon erwartet. Ich habe damit gerechnet, daß Sie mich heute vormittag aufsuchen würden.«

»Sie haben vermutlich bereits mit einem meiner Kollegen gesprochen?«

»Ja – mit Superintendent Yardley. Er ist sehr früh vorbeigekommen und hat sich erkundigt, ob Sie gestern im Golden Plough gewesen sind. Worum geht's überhaupt, Mr. Dawson. Er hat mir nur ausweichend geantwortet.«

»Mrs. Rogers, meine Haushälterin, ist letzte Nacht ermordet worden«, erklärte Harry ihm.

Sidney Heaton starrte ihn erschrocken an, so daß Harry bedauerte, ihn mit dieser Mitteilung überfallen zu haben.

»Ermordet?« flüsterte Heaton entsetzt. »Mein Gott! Wo ist das passiert?«

»In meiner Wohnung«, antwortete Harry. Er hob abwehrend die Hand. »Entschuldigung, Mr. Heaton, aber ich hab's ziemlich eilig und möchte Ihnen nur rasch ein paar Fragen stellen.«

»Ja, natürlich.« Der andere riß sich zusammen. »Was kann ich für Sie tun, Mr. Dawson?«

»Sagen Sie mir als erstes, wer Ihre Bekannte von gestern abend war. Sie haben sie als Linda Wade vorgestellt, wenn ich mich recht erinnere.«

»Oh . . .« Heaton sah verlegen zu Boden. »Ich wollte, Sie hätten mich nicht ausgerechnet nach ihr gefragt.«

»Hören Sie, Mr. Heaton, ich ermittle wegen eines Mordes!« fuhr Harry ihn an. »Ich verlange, daß Sie mir erzählen, was Sie über Linda Wade wissen!«

Heaton zögerte noch; dann gab er achselzuckend nach, führte Harry in sein Büro und bot ihm einen Stuhl an. Er selbst setzte sich auf die Schreibtischecke, um die Ladentür beobachten zu können.

»Ich habe sie vor etwa einem Vierteljahr im Golden Plough kennengelernt, wo sie darauf gewartet hat, daß irgendein Mann sie einladen würde. Vor ungefähr vier Wochen hat sie dann eine Katze bei mir gekauft und war seitdem mehrmals da. Seltsamerweise scheint sie im Augenblick reichlich Geld zu haben.«

»Haben Sie jemals ihre Freundin Judy Black kennengelernt?«

»Nein, niemals!« versicherte Heaton ihm hastig. »Ich kenne Linda eigentlich gar nicht gut. Sie . . .«

»Immerhin duzen Sie sich mit ihr«, unterbrach Harry ihn. »Wo wohnt sie, Mr. Heaton?«

»Sie hat ein Apartment in Defoe Mansions.«

»Wo ist das?«

»In der Carrington Road.«

»Sind Sie schon mal dortgewesen?«

»Nein, noch nie.« Heaton konnte Harry nicht in die Augen sehen. »Nun ja . . . ein-, zweimal.«

»Welches Apartment hat sie in Defoe Mansions?« fragte Dawson unerbittlich weiter.

»Zweiunddreißig, glaube ich.«

»Danke, Mr. Heaton«, sagte Harry. Er stand auf, nickte dem anderen zu und ging. Als er sich an der Ladentür umdrehte, sah Sidney Heaton noch immer beschämt zu Boden.

*

Defoe Mansions war ein bescheideneres Apartmenthaus, als der anspruchsvolle Name vermuten ließ. Das Gebäude war ein renovierter Altbau, der in »Luxuswohnungen« aufgeteilt worden war.

Marty Smith kam aus dem Lift und blieb in der Eingangshalle stehen, um sich einen Zigarillo anzuzünden. Er trug eine neue karierte Sportjacke und wirkte sehr selbstbewußt. Seine rechte Gesichtshälfte zuckte diesmal ausnahmsweise nicht.

Er warf das abgebrannte Streichholz auf den Boden und trat ins Freie. Schräg gegenüber auf der anderen Straßenseite lag ein Pub, in dem er schon mehrmals gewesen war. Er hatte das Gefühl, ein Bier verdient zu haben.

Smith war bereits auf der anderen Straßenseite, als ihm ein Auto auffiel, das vor dem Apartmenthaus bremste. Er trat in einen Hauseingang, um den grünen Austin 1100 zu beobachten. Als der Fahrer sich umdrehte, um den Wagen zu parken, erkannte Marty ihn. Sein Gesicht begann sofort zu zucken.

Er wartete, bis Dawson das Gebäude betreten hatte, und lief dann wieder über die Straße. Als er die Eingangshalle erreichte, war der Lift bereits auf dem Weg nach oben. Marty beobachtete die Anzeige und stellte fest, daß der Aufzug im dritten Stock hielt. Als er auf den Rufknopf drückte, kam die Kabine leer herunter. Dawson war also in Lindas Stockwerk ausgestiegen.

Drei Minuten später stand Marty in dem Pub auf der anderen Straßenseite am Telefon und wählte eine Nummer, die er auswendig kannte. Während das Telefon klingelte, überzeugte er sich davon, daß ihn niemand durch die dünnen Wände der Telefonzelle belauschen konnte. Dann meldete sich auch schon die Stimme.

»Tam? Hier ist Marty ... Hör zu, ich bin in der Nähe von Lindas Wohnung, ich hab' eben den Paß abgeliefert ... Nein, nein, das ist alles in Ordnung. Aber ich hab' eben Harry Dawson gesehen! ... Ja, vor ein paar Minuten ... Ja, er ist eben in den dritten Stock raufgefahren.«

Marty fuhr sich mit dem Ärmel über die Stirn. Telefongespräche mit Tam machten ihn immer nervös.

»Na ja, hoffentlich behält sie die Nerven ... Richtig, das ist eine prima Idee! Du rufst sie einfach an und ... Wird gemacht, Tam.«

Marty hängte erleichtert ein und verließ aufatmend die Telefonzelle.

*

Harry mußte mehrmals klingeln, bevor er eine ungeduldige Stimme aus Apartment zweiunddreißig hörte, die gereizt rief: »Ja, ja, ich komme schon!« Die Tür wurde von der Rothaarigen geöffnet, die er schon zweimal gesehen hatte. Sie trug einen Pelzmantel und hatte ihre Handtasche unter dem Arm.

»Was soll der ...«, begann sie, aber dann verstummte sie mitten im Satz, als sie den Besucher erkannte.

»Guten Morgen, Miss Wade«, sagte Harry lächelnd. »Erinnern Sie sich noch an mich? Ich bin Kriminalinspektor Dawson. Wir haben uns gestern im Golden Plough kennengelernt. Haben Sie vielleicht ein paar Minuten Zeit für mich?«

Linda Wade überlegte rasch. »Tut mir leid, aber das paßt gemir im Augenblick schlecht«, behauptete sie. »Ich wollte gerade fort. Ich muß um halb zwölf zum Friseur, wissen Sie.«

Harry lächelte noch immer. »Keine Angst, ich halte Sie nur ein paar Minuten auf.«

»Gut, meinetwegen.« Sie trat von der Tür zurück. »Aber ich habe wirklich nur ein paar Minuten Zeit.«

In der Wohnung war es unangenehm heiß. Die Einrichtung war eine Überraschung für Harry, der Linda nicht so viel Geschmack zugetraut hatte. Er sah wertvolle alte Stücke, die sie in Antiquitätengeschäften oder auf Versteigerungen gekauft haben mußte.

»Oh, Sie haben aber schöne Möbel!« sagte Harry, als

Linda die Wohnungstür hinter ihnen schloß.

»Gefällt Ihnen die Einrichtung?«

»Und wie!« Er gab vor, die Möbel zu bewundern, während er einen Rundgang durchs Wohnzimmer machte und einen Hinweis auf Judy Black suchte.

»Tut mir leid, daß ich Ihnen keinen Drink anbieten kann«, erklärte Linda ihm. »Aber die Zeit ist wirklich zu kurz dafür.«

»Miss Wade, Sie fragen sich bestimmt, weshalb ich zu Ihnen gekommen bin . . .«

»Das kann ich mir denken, Schätzchen«, unterbrach Linda ihn. »Wegen Judy Black?«

»Ja.« Harry ließ sich nicht anmerken, daß er sich darüber wunderte, daß sie so schnell zur Sache gekommen war.

»Ich hätte Sie gestern abend beinahe angerufen, nachdem wir uns im Golden Plough gesehen hatten, aber dann habe ich mir gedacht: Halt dich da raus, Linda. Mische dich in nichts ein, was dich nichts angeht. Du bist immer brav und anständig gewesen – im allgemeinen, meine ich –, deshalb hast du nichts zu befürchten, wenn du den Mund hältst.«

Das klang offen und ehrlich.

»Aber Sie kennen Judy?«

»Natürlich kenne ich sie. Ich kenne sie nicht sehr gut, aber . . .« Linda machte eine Pause, bevor sie nachdrücklich hinzufügte: »Sie ist in der Nacht, in der Newton erschossen worden ist, bei mir gewesen.«

»Wo ist sie jetzt?«

»Keine Ahnung, Schätzchen. Wirklich nicht!«

In der Wohnung roch es nach Zigarettenrauch, und Harry sah ein halbes Dutzend Zigarettenstummel mit Korkmundstück in einem großen Muranoglas-Ascher auf dem Couchtisch liegen. Er bot Linda seine Zigaretten an.

»Danke, ich rauche nicht. Aber Sie dürfen ruhig.«

Harry zündete sich eine an. »Hören Sie, Miss Wade, ich will ganz offen mit Ihnen reden«, fuhr er fort. »Ich sitze in der Klemme. Ich muß Judy finden, bevor . . .«

»Schätzchen, ich habe Ihnen doch eben gesagt, daß ich nicht weiß, wo sie ist! Ich hab' keine Ahnung. Seit der letzten Übernachtung hat sie sich nicht wieder blicken lassen.«

»Stimmt das wirklich?«

Linda nickte eifrig. »Großes Ehrenwort!«

»Okay . . . Okay, ich glaube Ihnen«, stimmte Harry lächelnd zu.

»Außerdem sind Sie auf der falschen Fährte«, versicherte sie ihm. »Judy hat Newton nicht umgebracht. Sie hat von ihm gelebt – warum hätte sie ihn also erschießen sollen?«

»Die beiden haben an diesem Abend Krach bekommen.«

»Und wennschon?« fragte Linda lachend. »Ich streite mich dauernd mit anderen Leuten, aber ich habe noch keinen umgebracht. Noch nicht.«

»Haben Sie Newton gekannt?«

»Ja.« Linda verzog das Gesicht. »Aber er war mir nie sonderlich sympathisch. Irgendwie zu glatt, wissen Sie. Ich habe ihn anfangs sogar für einen Homo gehalten, aber dann war er doch keiner.«

»Na ja, schade, daß Sie mir nicht weiterhelfen können.« Er nickte zur Hausbar hinüber. »Das mit dem Drink tut mir natürlich auch leid. Vielleicht ein andermal?«

»Warum nicht? Wir haben immer geöffnet.«

Harry lachte mit und beugte sich über den Aschenbecher, um seine Zigarette auszudrücken.

»Dann komme ich gelegentlich wieder vorbei. Vielleicht einmal abends? Nachdem Sie beim Friseur gewesen sind?«

»Okay, tun Sie das. Aber rufen Sie bitte vorher an. Tut mir leid, daß ich Ihnen nicht weiterhelfen konnte – wegen

Judy, meine ich. Aber mit ihr vergeuden Sie Ihre Zeit, mein Lieber. Sie hat Newton nicht ermordet.

Harry blieb in der Diele stehen. Im Wohnzimmer begann das Telefon zu klingeln.

»Wer war's sonst?«

»Das weiß ich nicht, Judy hat jedenfalls nichts damit zu tun. Hören Sie, ich muß jetzt wirklich ans Telefon.«

»Danke, ich finde selbst hinaus.«

»Auf Wiedersehen!«

Linda lief ins Wohnzimmer. Harry streckte die Hand nach der Türklinke aus und drückte dabei den Knopf des Sicherheitsschlosses nach oben, so daß es nicht mehr einschnappen konnte. Als Linda sich nach ihm umsah, mußte sie glauben, die Wohnungstür habe sich hinter dem Besucher geschlossen.

Harry blieb draußen im Flur stehen und hielt die Tür an der Klinke zu. Er hörte Linda reden und wußte, daß sie telefonierte, aber er verstand nicht, was sie sagte. Deshalb betrat er lautlos die Diele und schloß die Wohnungstür hinter sich. Nun konnte er Lindas Stimme deutlich hören.

»Er ist eben weggegangen ... Ja, natürlich ... Es hätte verdächtig gewirkt, wenn ich ihn nicht hereingebeten hätte ... Nein, natürlich nicht! ... Was? ... Ja, bei ihr ist alles in Ordnung, aber sie ist natürlich ein bißchen nervös ... Ich finde ihn ausgezeichnet, das Foto ist erstklassig ... Nein, ich hole die Flugkarte selbst ab ... Tam, hör zu ...« Lindas Stimme klang bittend. »Mußt du immer Marty schicken? Ich kann den Kerl nicht ausstehen!«

Das Gespräch würde offenbar nicht mehr lange dauern. Harry öffnete die nächste Tür. Sie führte von der Diele aus ins Bad. Er verschwand darin und blieb an die Tür gelehnt stehen.

Linda hatte aufgelegt. Er hörte sie in die Diele kommen.

Sie schien noch etwas zu suchen und kam dabei einmal geradewegs auf die Tür zu, hinter der Harry stand. Aber dann schien sie sich die Sache anders überlegt zu haben, und sein Puls wurde wieder langsamer. Sekunden später hörte er, wie die Wohnungstür zuschnappte.

Harry wartete noch eine halbe Minute, bevor er aus dem Bad in die Diele kam. Draußen hörte er, wie sich die Aufzugtür schloß.

Obwohl er jetzt in der Wohnung allein war, bewegte er sich noch immer leise und vorsichtig. Er blieb einige Sekunden in der Mitte des Wohnzimmers stehen und betrachtete seine Umgebung ganz methodisch. Dann befaßte er sich als erstes mit dem Aschenbecher aus Muranoglas. Harry stellte fest, daß er lauter Zigarettenstummel der Marke Piccadilly enthielt – also der Sorte, die Judy Black damals im St. James's Park geraucht hatte.

Als nächstes durchsuchte er den alten Sekretär im Wohnzimmer. Er zog die Schubladen nacheinander auf und entdeckte in der vierten, wonach er gesucht hatte: einen englischen Paß. Harry trat damit ans Fenster.

Der Paß hatte die Nummer N 35 645, was bedeutete, daß er vor etwa fünf Jahren ausgestellt worden sein mußte. Die Inhaberin war eine Miss Stella Morgan, deren Foto auf Seite drei eingeheftet war. Harry hatte Mühe, darauf Judy Black zu erkennen. Sie hatte sich das Haar schwarz gefärbt und trug eine große Hornbrille.

Er las eben die Personenbeschreibung durch, als er nebenan ein leises Geräusch hörte. Es klang so, als öffne dort jemand ein Fenster. Harry steckte den Paß ein und war mit drei, vier großen Schritten an der Schlafzimmertür. Sie hatte einen Spalt weit offen gestanden, als er mit Linda gesprochen hatte, und er bildete sich ein, sie sei jetzt weiter geöffnet als zuvor.

Harry stieß die Tür so heftig auf, daß sie gegen die Wand knallte. Das Fenster stand tatsächlich offen, so daß die Stores sich im Luftzug bewegten. Er lief ans Fenster und sah hinaus.

Das Fenster führte auf die eiserne Feuertreppe an der Rückseite des Gebäudes hinaus. Drei Stockwerke tiefer befand sich der Parkplatz für Hausbewohner. Auf der Treppe selbst war niemand unterwegs.

Als Harry nach oben sah, stellte er fest, daß die Treppe schon im nächsten Stock aufs Dach hinaufführte. Er kletterte übers Fensterbrett und hastete die beiden letzten Abschnitte der Treppe nach oben.

Das Dach des Apartmentgebäudes war flach und bot nur wenige Möglichkeiten, sich hinter Kaminen und den beiden Dachaufgängen zu verstecken. Harry suchte es methodisch ab, behielt dabei die Feuertreppe im Auge und wußte, daß sich hier oben niemand lange verbergen konnte. Als er das Dachende erreichte, hörte er hinter sich ein Geräusch, als sei jemand über das hier und dort liegende Baumaterial gestolpert. Er fuhr herum und sah etwas Farbiges hinter einem Kamin verschwinden.

Jetzt bewegte er sich schneller – wie ein Habicht, der seine Beute erspäht hat. Er bog um den Kamin und blieb wie angenagelt stehen.

Judy stand am Dachrand, einer dreißig Zentimeter hohen Brüstung, die sie nicht vor dem Sturz in die Tiefe bewahren konnte. Ihr schwarzgefärbtes Haar hing wirr herab. Die Augen hinter den Brillengläsern wirkten verstört. Sie keuchte vor Angst oder Anstrengung und hielt mit der rechten Hand eine Pistole umklammert.

Harry blieb ruhig stehen. Er fürchtete sich nicht so sehr vor dieser Waffe, obwohl er Judy in diesem Zustand zutraute, daß sie schoß, sondern er hatte Angst, daß sie unwillkürlich zurückweichen und über den Dachrand fallen würde, wenn er auf sie zutrat.

»Hallo, Judy«, sagte er freundlich und achtete darauf, daß seine Hände zu sehen waren.

Sie gab keine Antwort. Hinter ihr hoben sich die Schornsteine der Nachbarhäuser im Sonnenschein von dem blauen Himmel ab.

»Das war leichtsinnig, wissen Sie, daß Sie in Lindas Wohnung so deutliche Spuren hinterlassen haben. Und das hier hat Sie auch verraten . . .« Er zog den Reisepaß aus der Tasche. »Kein sehr gutes Foto, was? Aber der Paß taugt schließlich auch nichts. Wer hat Ihnen diese wertlose Fälschung gegeben? Tam Owen, stimmt's?«

»Her mit dem Paß!« forderte Judy ihn auf.

»Bitte sehr.«

Harry warf den Paß zu ihr hin aufs Dach. Wenn Judy ihn aufheben wollte, mußte sie nach vorn treten und sich vom Dachrand entfernen. Solange sie dort stand, konnte er nicht versuchen, sie zu überrumpeln.

Sie trat vor, hob den Paß auf und zielte dabei ständig auf Harry. Da er überzeugt war, daß sie in ihrer Panik ohne weiteres imstande war, auf ihn zu schießen, bewegte er sich nur etwas zur Seite.

»Wissen Sie, was ich an Ihrer Stelle damit tun würde?« fragte er. »Ich würde ihn verbrennen.«

»Was Sie damit tun würden, interessiert mich nicht.«

»Wirklich nicht, Judy?« Harry trat noch einen Schritt zur Seite. Er zeigte auf die Pistole. »Ist das die Waffe, mit der Sie Peter Newton erschossen haben?«

»Ich habe Peter nicht erschossen.«

»Warum verstecken Sie sich dann vor der Polizei?«

»Wissen Sie das nicht?«

»Doch, ich kann es mir denken. Sie verstecken sich, weil

Sie sich einbilden, wir wollten Sie auf jeden Fall wegen Mordes anklagen, ob Sie nun schuldig sind oder nicht. Aber Sie irren sich, Judy. Ich habe Ihnen erst neulich erklärt, daß Sie absolut nichts zu befürchten haben, wenn Sie die Wahrheit sagen.«

Die schwere Hornbrille war etwas zu groß für Judy. Sie mußte sie immer wieder nach oben schieben, weil sie ihr von der Nase zu rutschen drohte.

»Das glaube ich Ihnen nicht. Selbst wenn Sie mir meine Darstellung abnehmen würden, wäre Nat Fletcher noch längst nicht überzeugt.«

»Warum sollte Nat Ihnen nicht glauben?« fragte Harry ehrlich überrascht.

Judy ignorierte seine Frage. »Ich möchte, daß Sie jetzt in die Wohnung zurückgehen.«

»Judy, hören Sie zu! Ich habe neulich viel riskiert, als ich das Taxi habe halten lassen, um . . .«

»Sie haben gehört, was ich gesagt habe!« Ihre Stimme klang hysterisch. Sie hielt die Pistole so krampfhaft umklammert, daß ihre Fingerknöchel weiß hervortraten. »Zurück in die Wohnung!«

Harry ließ die Schultern hängen. »Hoffentlich wissen Sie, was Sie da tun, Judy. Wenn Sie den Reisepaß benützen und dabei gefaßt werden . . .«

»Tun Sie, was ich gesagt habe!« fauchte sie ihn an. »Zurück in die Wohnung!«

Er zuckte mit den Schultern.

»Gut, wie Sie wollen, Judy«, sagte er deprimiert.

Als er sich abwandte, sah er, daß sie wieder nach der rutschenden Brille griff. In diesem Augenblick warf er sich auf Judy und hoffte, daß es ihm gelingen würde, die Pistole nach unten zu drücken, bevor Judy schießen konnte.

Judy zögerte zunächst noch. Seine plötzliche Bewegung

hatte sie anscheinend überrascht – oder sie zögerte im Innersten doch, ihre Drohung wahrzumachen. Aber dann schloß sie die Augen und drückte ab.

Der Rückstoß der kleinen Pistole war stärker als erwartet, und ihr Knall wirkte fast betäubend. Als sie langsam die Augen öffnete, sah sie Harry vor sich zusammenbrechen. Judy wich entsetzt zurück, ohne an den niedrigen Dachrand zu denken. Als sie merkte, daß sie das Gleichgewicht verlor, griff sie verzweifelt ins Leere. Dann taumelte sie mit einem Schreckensschrei rückwärts über die Dachkante.

3

Das Sirenengeheul brachte Marty Smith dazu, sein Bierglas wegzustellen und auf die Carrington Road hinauszulaufen. Zwei Feuerwehrfahrzeuge, ein Streifenwagen und ein Krankenwagen rasten nacheinander vorbei. Vor Defoe Mansions hatten sich Neugierige angesammelt, die gespannt nach oben starrten.

Marty sah, warum die Leute nach oben gafften. Auf dem schrägen Dach waren ein Mann und eine Frau zu erkennen. Sie klammerten sich ... nein, nur der Mann klammerte sich an den Rand eines Dachvorsprungs. Mit der anderen Hand hielt er die Frau fest, die so leblos wirkte, daß sie bewußtlos oder tot sein mußte.

Was dort oben passiert sein mußte, war deutlich zu erkennen. Die Frau war über die Dachkante gefallen, über den schrägen Teil gerutscht und an dem Fenstervorsprung hängengeblieben. Der Mann konnte sie nur erreicht haben, indem er hinter ihr hergerutscht war ...

Allein der Gedanke daran ließ Marty einen kalten Schauer

über den Rücken laufen. Er kam neugierig näher.

Die Feuerwehr fuhr bereits eine Drehleiter aus, um die beiden vom Dach zu holen. Ein Feuerwehrmann stieg hinauf, nahm die Frau mit Hilfe des Mannes über die Schulter und machte sich wieder auf den Weg nach unten. Der Mann kletterte selbst auf die Leiter und folgte den beiden. Die Polizei mußte die Neugierigen zurückhalten, als die Frau auf eine Tragbahre gelegt und in den Krankenwagen geschafft wurde. Der weiße Wagen fuhr mit Blaulicht und Sirene davon.

Der Mann, der auf dem Dach gewesen war, stieß Polizisten, Feuerwehrleute und Zuschauer beiseite und rannte zu einem grünen Austin 1100. Er setzte sich ans Steuer, ließ den Motor an und fuhr hinter dem Krankenwagen her. Die beiden Polizisten folgten ihm in ihrem Streifenwagen.

Die verblüffften Zuschauer bildeten kleine Gruppen, in denen das Gesehene diskutiert wurde. Marty machte auf dem Absatz kehrt und lief in das Pub zurück. Unterwegs suchte er in seinen Taschen nach Kleingeld fürs Telefon.

*

»Um Himmels willen, hör doch endlich auf, Harry! Du weißt doch, daß mit ihr alles in Ordnung ist.« Nat drehte den Stuhl um und setzte sich so darauf, daß er die Lehne zwischen den Beinen hatte. »Mein Gott, an deiner Stelle würde ich mir irgendwo die Nase begießen, anstatt mir Sorgen wegen eines Flittchens zu machen, das versucht hat mich umzulegen.«

Harry schwieg verbissen. Nat warf ihm einen vorwurfsvollen Blick zu und wies mit dem Daumen in die Richtung, in der – wie sie beide wußten – das Leichenhaus lag.

»Du könntest dort draußen sein, Kumpel. Ist dir das klar? Wenn du dich nicht geistesgegenwärtig zu Boden geworfen hättest, wärst du jetzt vielleicht im Leichenhaus. Und sie würde dir keine Träne nachweinen, darauf kannst du dich verlassen!«

Harry stand am Fenster des Wartezimmers. Er war zu nervös, um sich hinzusetzen, und die Krankenhausstühle waren ohnehin nicht sehr einladend. Er hatte gerade noch gesehen, wie Judy in die Notaufnahme eingeliefert worden war. Die vagen Auskünfte des diensthabenden Arztes genügten ihm nicht, deshalb hatte er beschlossen, hier zu warten, bis Judy wieder bei Bewußtsein war. Zehn Minuten später war Nat im Wartezimmer aufgekreuzt.

»Ja, ich weiß«, antwortete Harry zögernd. »Ich weiß, daß die Sache so aussieht, Nat. Aber ich beurteile Judy Black anders als du. Das habe ich von Anfang an getan.«

Nat starrte ihn verblüfft an. »Hör zu, Harry, du hast dich doch nicht etwa in sie verknallt?«

»Unsinn!« wehrte Harry ab.

»Bist du wirklich so ahnungslos?« Nat stand erregt auf. »Du brauchst anscheinend ein paar Informationen, damit du endlich im Bilde bist! Seitdem wir diese Fotos gefunden haben, befasse ich mich mit Peter Newton und Judy Black.«

Fletcher trat einen Schritt auf Harry zu, als wolle er ihn dadurch einschüchtern.

»Sergeant Quilter und ich haben mit über hundert Prostituierten und ihren Zuhältern geredet«, sagte Nat eindringlich. »Wir haben die ganze Zeit nichts anderes getan, als . . .«

»Was wißt ihr über Judy?« unterbrach Harry ihn.

»Newton hat für einen gewissen Tam Owen gearbeitet«, stellte Nat fest. »Wer das ist, wissen wir noch nicht. Auf den ersten Blick könnte man glauben, er betriebe einen ganz normalen Callgirlring, aber in Wirklichkeit steckt mehr dahinter. Nehmen wir einmal an, ein wohlhabender Mann käme nach London und wollte sich hier amüsieren. Er ruft eine bestimmte Nummer an und redet mit einer charmanten jungen Dame namens Judy Black. Sie erkundigt sich nach näheren Einzelheiten und reicht ihn an Peter Newton weiter – oder sie hat es früher getan. Newton schickt ein Mädchen hin, und der arme Gast hat innerhalb von vierundzwanzig Stunden Gelegenheit, unserem Mr. Owen einen ganzen Satz indiskreter Fotos abzukaufen.«

»Hast du vergessen, daß Judy uns als erste von Tam Owen erzählt hat?« wandte Harry ein. »Warum hätte sie das tun sollen, wenn sie selbst zu dieser Organisation gehört hat?«

»Ist dir das nicht klar. Sie war bereits unsicher und hat Angst vor dir gehabt, Harry.«

»Unsinn! Vor mir fürchtet sie sich nicht, Nat. Sie hat ausgesprochen Angst vor dir.«

»Vor mir?« Nat starrte Harry erstaunt an. »Aber ich kenne sie doch gar nicht!«

»Du hast sie noch nie gesehen?«

»Nein, noch nie! Wie kommst du darauf?«

»Das spielt im Augenblick keine Rolle«, wehrte Harry ab. »Viel wichtiger ist, wie wir weitermachen wollen.«

»Wie wir diesen verdammten Owen aufspüren können, meinst du wohl? Aber du brauchst dir nicht einzubilden, daß Judy Black uns weiterhilft! Owen hat ihr bestimmt alles Mögliche angedroht, falls sie auspackt.«

»Dann bleibt nur noch Linda Wade«, schlug Harry vor.

»Du weißt ja, was dein Freund Heaton von ihr erzählt hat«, wandte Nat ein. »Sie hat im Augenblick reichlich Geld – und dieses Geld muß von Tam Owen stammen. Sie ist bestimmt nicht so dumm, daß sie das Huhn, das goldene Eier legt, der Polizei ausliefert, Harry.«

»Oder vielleicht doch.«

»Na ja, wenn du glaubst, Miss Wade beeindrucken zu

können, redest du am besten noch mal mit ihr. Ein Versuch kann nicht schaden. Sie . . .«

Nat sprach nicht weiter, als die Tür des Wartezimmers geöffnet wurde. Ein Arzt, der Harry sehr jung vorkam, betrat den Raum.

»Inspektor Dawson?« fragte der junge Arzt.

»Hier«, antwortete Harry und trat vor.

»Ich bin Dr. Friedman. Ich werde mich um Miss Black kümmern, die . . .«

»Wie geht's ihr, Doktor?«

»Sie hat unwahrscheinliches Glück gehabt, wenn Sie mich fragen. Ich nehme an, daß sie ohnmächtig war, als sie übers Dach gerutscht ist, so daß ihr Körper beim Aufprall auf den Dachvorsprung nicht steif war. Dadurch sind ernstere Verletzungen ausgeblieben. Miss Black hat sich einen Arm verrenkt, aber wir haben ihn wieder eingerenkt, so daß es in dieser Beziehung keine Schwierigkeiten geben dürfte.«

»Kann ich zu ihr?«

»Hm . . .« Der Arzt machte ein zweifelndes Gesicht. »Sie hat gleich nach Ihnen gefragt, als sie wieder zu sich gekommen ist. Aber sie hat einen ziemlichen Schock erlitten, und wir haben ihr ein Beruhigungsmittel gegeben. Deshalb wär es besser, wenn Sie später noch mal nachfragen würden. Am besten zeimlich spät, damit sie erst einmal ausschlafen kann.«

»Um welche Zeit, Doktor?«

»Paßt Ihnen acht Uhr abends?«

»Ja, natürlich.«

Der Arzt nickte Harry zu und wandte sich ab. An der Tür drehte er sich nochmals um, als sei ihm die konzentrierte Aufmerksamkeit der beiden Kriminalbeamten nicht ganz geheuer.

Nat knöpfte sich seinen Mantel zu. »Treffen wir uns um

fünf vor acht hier, Harry?«

Dawson nickte. Er war in Gedanken längst woanders. »Wie du willst, Nat.«

»Das mit Linda Wade war mein Ernst«, erklärte Nat ihm etwas freundlicher als zuvor. »An deiner Stelle würde ich es wenigstens versuchen.«

Der Verkehr war noch nicht besonders stark, als Harry in Richtung Defoe Mansions zurückfuhr. Diesmal parkte er einige hundert Meter vom Eingang entfernt und ging zu Fuß weiter.

Vor dem Apartmenthaus blieb er stehen, sah zum Dach auf und erinnerte sich an den schrecklichen Augenblick, als er nach unten geblickt und damit gerechnet hatte, Judy zerschmettert auf der Straße liegen zu sehen. Von hier unten aus schien der Vorsprung kaum groß genug zu sein, um eine Abstürzende aufzuhalten. Harry hätte ihn selbst fast verfehlt, als er übers Dach gerutscht war, um Judy zu erreichen.

Eine Bewegung am Eingang machte Harry auf den Mann aufmerksam, der eben aus dem Gebäude stürzte. Er trug eine Cordsamtjacke und ein seidenes Halstuch. Harry erkannte ihn sofort als Sidney Heaton, der sich ängstlich nach allen Seiten umsah, bevor er zu einer »Singer Gazelle« lief. Seine Hände zitterten so sehr, daß er kaum die Autotür aufschließen konnte, und als er den Motor anließ, vergaß er, die Kupplung durchzutreten, so daß der Wagen einen Satz nach vorn machte.

Als der Motor endlich lief, fuhr Heaton auf die Straße hinaus, ohne auf den übrigen Verkehr zu achten, und raste davon.

Harry sah ihm nach, bis das Auto verschwunden war, und lief dann rasch über die Straße.

Er war im Aufzug allein, und die Kabine blieb vorerst im

dritten Stock stehen, nachdem er ausgestiegen war. Die Tür von Linda Wades Wohnung stand einen Spalt weit offen.

Harry blieb davor stehen und versuchte, das Geräusch zu identifizieren, das er in der Wohnung hörte. Dann stieß er die Tür auf und betrat die Diele.

Jetzt wurde ihm klar, daß er ein unkontrollierbares Schluchzen gehört hatte. Das Geräusch kam aus einem Raum gegenüber dem Bad. Harry schlich zur Tür und stand an der Schwelle eines zweiten Schlafzimmers, das hübscher und persönlicher eingerichtet war als das andere, das er bereits kannte.

Linda Wade saß an ihrem Toilettentisch und wischte sich mit einem Handtuch die Tränen ab, die ihr übers Gesicht strömten. Sie trug nur Rock und Büstenhalter, so daß auf ihren Schultern deutlich Striemen zu sehen waren. Jemand mußte sie mit einer Reitpeitsche mißhandelt haben.

Obwohl Harry als Kriminalbeamter einiges gewöhnt war, fuhr er bei diesem Anblick unwillkürlich zusammen. Er trat langsam näher. Linda sah diese Bewegung im Spiegel und drehte sich langsam um.

»He, wie kommen Sie hier rein?«

»Großer Gott!« flüsterte Harry. Der Täter hatte Linda nicht nur geschlagen, sondern ihr außerdem mit einem Rasiermesser einen tiefen Schnitt im Gesicht beigebracht. Die Wunde entstellte Lindas linke Gesichtshälfte von der Schläfe bis zum Kinn.

»Ja, das staunen Sie, was?« schluchzte Linda. »Hübsch, nicht wahr?«

»Sie brauchen einen Arzt!« Harry wollte ans Telefon gehen, aber sie hielt ihn zurück.

»Ich will keinen Arzt! Ich will keinen Menschen sehen. Ich kann mein Gesicht nie wieder herzeigen.«

Sie verbarg ihr Gesicht in dem Handtuch.

»Wer war das?« fragte Harry mühsam beherrscht.

»Bitte, lassen Sie mich in Ruhe!«

Harry setzte sich neben sie auf einen Hocker.

»Ich weiß, wer Ihnen das angetan hat, Linda. Das war Tam Owen, stimmt's?«

Linda hörte kurz zu schluchzen auf.

Sie betrachtete sein Spiegelbild und starrte dann wieder ihr Gesicht an.

»Mein Gott, wie ich aussehe! Wie er mich zugerichtet hat! Dieses Schwein!«

»Aber warum hat er das getan? Weil ich den Paß gefunden habe? Weil die Sache mit Judy nicht geklappt hat?«

»Sie sollen mich in Ruhe lassen!« wehrte Linda ab.

»Judy ist im Krankenhaus«, fuhr Harry fort. »Wissen Sie das?«

»Im Krankenhaus?«

»Ja. Sie hat einen Unfall gehabt.«

»Das glaube ich Ihnen nicht!«

»Doch, sie liegt im St.-Matthew's-Hospital.«

»Ist sie . . . ist sie schwer verletzt?«

»Nein, ich glaube nicht. Ich besuche sie heute abend.« Harry zeigte auf Lindas Gesicht. »Das sieht jetzt schlimmer aus, als es in Wirklichkeit ist. Ich mache Ihnen einen Pflasterverband, und Sie gehen morgen zu einem guten Arzt. In ein paar Monaten ist nichts mehr davon zu sehen.«

»Das sagen Sie nur so.«

Harry schüttelte nachdrücklich den Kopf. Während er die Wunde verband, bemühte er sich erneut, den Namen des Angreifers zu erfahren. Aber Linda verweigerte die Aussage.

»Halten Sie mich für schwachsinnig?« fragte sie. »Sehen Sie nicht, was passiert ist, nur weil die Sache mit Judy danebengegangen ist? Ich weiß überhaupt nicht, was Sie wollen.

Ich kenne keinen Tam Owen! Mein Gott, mein Gesicht . . .«

Sie begann wieder zu schluchzen.

Er stand auf. »Gut, dann reden wir ein andermal darüber, Linda. Kann ich noch etwas für Sie tun?«

»Nein, nichts. Ich nehme ein paar Schmerztabletten und lege mich ins Bett.«

»Ja, das ist eine gute Idee«, stimmte Harry zu. »Wie lange war Mr. Heaton übrigens bei Ihnen?«

»Heaton?« fragte Linda ehrlich überrascht. »Er ist nicht dagewesen. Ich habe ihn nicht gesehen.«

»Wirklich nicht?«

Sie gab keine Antwort. Sie wischte sich wieder Tränen aus den Augen.

»Wollen Sie nicht hinter mir abschließen, um vor weiteren Besuchern sicher zu sein?«

Linda nickte und stand auf, um ihn hinauszubegleiten. Er sah, daß sie barfuß war. Ihre Zehennägel waren sorgfältig golden lackiert.

*

Die Tiere in den Käfigen spürten den mühsam unterdrückten Zorn des Mannes, der in den Laden gestürmt kam. Sie begannen zu kreischen, bellen oder lärmen, so daß das Klingelzeichen gar nicht zu hören war. Heaton kam aus seinem Büro. »Wir haben geschlossen! Können Sie nicht lesen, was an der Tür steht?« Das klang nicht wirklich verärgert. Er blinzelte im Gegenlicht, um den Kunden zu erkennen. »Oh! Hallo, Mr. Dawson.«

»Ich muß mit Ihnen reden, Heaton«, sagte Harry drohend.

»Ja, natürlich.« Heaton rieb sich nervös die Hände. »Tut mir leid, aber ich habe Sie nicht gleich erkannt. Wollen Sie mit ins Büro kommen?«

Harry ignorierte die Einladung.

»Was ist heute nachmittag passiert?«

»Heute nachmittag?«

»Ja – bei Miss Wade.«

»Entschuldigung, aber das verstehe ich nicht«, behauptete Heaton.

»Ich will wissen, was passiert ist, als Sie heute nachmittag bei Linda Wade gewesen sind!«

»Das muß ein Irrtum sein, Mr. Dawson.« Heaton versuchte, Harrys Blick zu erwidern. »Ich habe den ganzen Nachmittag im Büro gearbeitet.«

»Geben Sie sich keine Mühe, Heaton.« Harry schüttelte den Kopf. »Ich habe Sie selbst gesehen. Sie waren völlig durcheinander, als Sie weggefahren sind. Wen haben Sie in Defoe Mansions besucht und was ist dort passiert?«

»Ich . . . ich . . .« Heatons Lippen zitterten, so daß Harry schon dachte, der andere werde in Tränen ausbrechen. »Ich versichere Ihnen, Mr. Dawson, daß ich normalerweise nicht . . .«

»Hören Sie, Heaton, ich komme nicht von der Sittenpolizei«, unterbrach Harry ihn. »Ihr Privatleben interessiert mich nicht. Ich will nur eines wissen: Was ist heute nachmittag bei Miss Wade passiert?«

Der kleine Mann starrte ihn wie ein hypnotisiertes Kaninchen an.

»Ich . . . ich bin zu Linda gefahren«, sagte er leise. »Ich war um Viertel nach fünf dort und habe die Wohnungstür aufgeschlossen. Mir war zuerst nicht klar, was das Geräusch bedeutete . . . Sie hat schluchzend im Wohnzimmer auf dem Teppich gelegen. Ein entsetzlicher Anblick. Ihre Bluse war zerfetzt, Gesicht und Schultern waren blutig . . .« Heaton bedeckte sein eigenes Gesicht mit den Händen. »Es war schrecklich, Mr. Dawson! Ich wußte nicht, was ich tun sollte.«

»Was haben Sie also getan?«

»Ich habe mich abscheulich benommen. Aber Sie müssen versuchen, meine Reaktion zu verstehen, Mr. Dawson. Ich war in einer fremden Wohnung mit einer Frau zusammen, die ...«

»Sie sind abgehauen?«

»Ja. Ja, leider.«

Harry ließ sich nicht von Heatons unauffälligem Äußeren täuschen. Er wußte nur allzu gut, zu welchen Verbrechen gerade solche scheinbar harmlosen Männer imstande waren. Aber er konnte nicht glauben, daß dieser Mann, der auf der Flucht sichtlich entsetzt gewesen war, Linda so brutal überfallen haben sollte.

»Hat Linda Sie gesehen?«

»Das weiß ich nicht. Ehrlich, ich weiß es nicht!«

»Wieso hatten Sie einen Schlüssel für die Wohnungstür?«

»Linda hat mir einen gegeben. Als ... sozusagen als Quittung, verstehen Sie.« Heaton angelte ihn aus der Jackentasche. »Hier ist er.«

»Haben Sie die Wahrheit gesagt?«

»Das kann ich beschwören!« beteuerte Heaton ihm. »Sie kennen mich doch, Mr. Dawson!«

»Nein, ich kenne Sie überhaupt nicht.« Harry griff nach dem Schlüssel. »Den nehme ich lieber mit.«

*

Als Harry um fünf vor acht ins Krankenhaus kam, erwartete Nat ihn bereits. Er ging in der Eingangshalle auf und ab und rauchte eine Zigarette.

»Warst du bei Linda Wade?« erkundigte er sich als erstes.

»Allerdings!« bestätigte Harry grimmig. Er berichtete

von seinem Besuch in Defoe Mansions und bei Heaton.

»Heaton kenne ich nicht.« Nat drückte seine Zigarette in einem Aschenbecher aus. »Yardley hat ihn vernommen. Aber ich muß sagen, daß seine Aussage ziemlich merkwürdig klingt.«

»Richtig – aber andererseits habe ich ihn gesehen, als er auf die Straße herunterkam. Er ist in panischer Angst geflüchtet, Nat.«

»Kann er das nicht gespielt haben?«

»Wozu?« fragte Harry.

»Er hat Linda Wade mißhandelt, will das Haus verlassen und sieht plötzlich dich. Deshalb spielt er den harmlosen kleinen Mann, der keiner Fliege etwas zuleide tun kann.«

»Möglich«, gab Harry zu. »Aber welches Motiv hätte er haben sollen?«

»Vielleicht ist er pervers«, meinte Nat nüchtern. »Mädchen wie Linda werden oft mißhandelt. Das ist sozusagen ihr Berufsrisiko.«

»Oder Heaton arbeitet für Owen«, warf Harry ein.

Fletcher nickte zustimmend.

»Oder er hat wirklich nur geschauspielert«, fuhr Harry fort. »Vielleicht ist er unser Mann, Nat. Vielleicht ist er selbst Tam Owen!«

»Hm«, meinte Nat zweifelnd, »kann sein.«

»Hör zu, Nat, ich habe über Judy Black nachgedacht«, sagte Harry. »Falls sie auspackt, falls sie mit uns zusammenarbeitet, müssen wir uns um sie kümmern. Wir dürfen sie nach der Entlassung aus dem Krankenhaus nicht sich selbst überlassen. Seitdem das mit Linda Wade passiert ist . . .«

»Was hast du vor, Harry?«

»Freunde von mir haben ein Hotel in den Cotswolds. Dort wäre sie gut aufgehoben. Kein Mensch bräuchte zu wissen, wo sie ist.«

»Wo ist das Hotel genau?« erkundigte Nat sich.

»In Steeple Aston.«

»Okay.« Nat lächelte zustimmend. »Falls sie auspackt, habe ich nichts dagegen, wenn du sie dort unterbringst. Sollte sie sich jedoch weigern, uns zu helfen . . . Oh, guten Abend, Doktor!«

Dr. Friedman war leise hinter ihnen aufgetaucht.

»Wie geht's unserer Patientin«, wollte Nat wissen, aber der Arzt wandte sich an Harry.

»Sie hat sich gut erholt, Inspektor. Wenn sie will, kann sie morgen entlassen werden, aber sie muß natürlich noch vorsichtig sein. Ich habe ihr gesagt, daß Sie hier sind, Mr. Dawson, und sie möchte Sie sprechen, aber . . .« Friedman sah kurz zu Nat hinüber. »Sie möchte Sie lieber allein sprechen.«

»Auch recht«, meinte Nat ungerührt. »Dann warte ich inzwischen hier unten.«

*

Judy hatte ein Einzelzimmer. Zu Harrys Überraschung lag sie nicht im Bett, sondern saß in einem Sessel am Fenster. Sie trug das Kleid, in dem er sie zuletzt gesehen hatte, und ihr linker Arm lag in einer Schlinge. Sie rauchte eine ihrer unvermeidlichen Zigaretten, war noch etwas blaß und wirkte ansonsten sichtlich erholt. Das schwarze Haar war ein ungewohnter Anblick, aber die große Hornbrille war verschwunden.

»Darf ich hereinkommen?« fragte Harry von der Tür her.

Judy nickte wortlos. Er schloß die Tür und zog sich einen Stuhl heran.

»Na, wie fühlen Sie sich?«

»Nicht . . . nicht allzu schlecht.«

»Tut die Schulter weh?«

»Nein, im Augenblick nicht.« Judy machte eine Pause. Dann sah sie ihm zum erstenmal ins Gesicht. »Tut mir leid, daß das alles passiert ist. Das war meine Schuld. Mir ist klar, daß ich mich dumm benommen habe. Und ich habe gehört, daß Sie Ihr Leben riskiert haben, um mich zu retten.«

»Das war nicht so riskant, wie es vielleicht klingt. Ich wollte nur nicht, daß Sie verunglücken.«

»Was passiert jetzt?« fragte sie leise. »Was haben Sie mit mir vor?«

Harry zögerte. »Ich muß Ihnen etwas sagen, Judy. Linda Wade ist überfallen worden. Sie ... jemand hat sie zusammengeschlagen.«

»Nein! Wann war das?«

»Heute nachmittag. Ihr Gesicht ist ziemlich entstellt.« Er beugte sich nach vorn und sprach eindringlich weiter: »Sie müssen mir die Wahrheit sagen, Judy. Ich muß die Wahrheit über Newton und Tam Owen wissen.«

»Aber ich habe immer die Wahrheit gesagt!« Judy drückte ihre Zigarette aus.

»Sie haben behauptet, Peter Newton sei Immobilienmakler gewesen. Das stimmt nicht. Er und Tam Owen haben einen Callgirlring geleitet.«

Judy starrte aus dem Fenster. »Ja, ich weiß«, gab sie leise zu. »Linda hat mir alles erzählt. Ich habe nichts davon geahnt, bis sie ...« Sie machte eine ungeduldige Handbewegung. »Aber warum erzähle ich Ihnen das alles? Sie glauben mir ja doch nicht!«

»Erzählen Sie mir erst Ihre Geschichte, dann sage ich Ihnen, ob ich sie Ihnen glaube oder nicht.«

Judy stand auf und ging hinter seinem Stuhl auf und ab. »Von Linda weiß ich, daß Peter mich ursprünglich nach London geholt hat, um mich für ihn arbeiten zu lassen«, begann sie zögernd. »Dann hat er sich in mich verliebt und . . .« Sie machte eine Pause. »Ich habe nichts von diesem Callgirlring gewußt. Das hat er alles vor mir geheimgehalten. Ich habe nie geahnt, was . . .«

»Aber über Linda müssen Sie informiert gewesen sein«, warf Harry ein. »Sie müssen gewußt haben, wovon sie ihren Lebensunterhalt bestritten hat, sonst . . .«

»Ja, natürlich. Wir waren gute Freundinnen. Aber ich schwöre Ihnen, daß ich nichts von Peter gewußt habe.«

»Was ist an dem Abend passiert, an dem ich Sie in Soho aufgegabelt habe?«

Judy kam zu ihrem Sessel zurück.

»Tam Owen hat gewußt, daß die Polizei nach mir fahndet, und Ihnen von einem seiner Mädchen einen Tip geben lassen. Als Linda Sie vor dem Restaurant gesehen hat, war ihr sofort klar, was Tam vorhat. Um mir zu helfen, hat sie Tam angerufen und ihm erklärt, Peter habe mir einen Brief mit sämtlichen Informationen über ihn gegeben.«

»Über Tam Owen?«

»Ja«, bestätigte Judy. »Das war nur ein Trick, aber er hat gewirkt. Tam hatte mich bereits von Marty Smith beschatten lassen. Als wir im Park gesessen haben, hat Marty sich bei ihm gemeldet. Tam hatte Angst, ich würde den Brief der Polizei übergeben . . .«

»Deshalb hat er Marty Smith angewiesen, mich zu überfallen und Sie zurückzubringen. Dann hat er Sie dazu überredet, ins Ausland zu fliehen.«

»Richtig. Aber Linda hat alle Verhandlungen geführt. Ich habe Tam Owen nie gesehen.«

»Niemals?«

»Nein, niemals. Nur Marty Smith. Er ist Tam Owens Muskelmann Nummer eins.«

Judy wollte sich eine Zigarette anzünden. Harry gab ihr Feuer. Sie nickte dankend.

»Bitte weiter, Judy«, forderte er sie auf.

»Linda hat mir erklärt, ich könne unmöglich in England bleiben. Mein Verhalten sei so verdächtig gewesen, daß die Polizei mich früher oder später festnehmen würde. Sie hat mir versprochen, mir einen gefälschten Paß zu besorgen.«

»Von Tam Owen?«

»Nein, von Marty Smith – aber durch Tam Owens Vermittlung.«

Harry überlegte kurz. Judy war blasser geworden. Dieses Gespräch strengte sie sichtlich an, aber er mußte weitermachen, solange sie bereit war, seine Fragen zu beantworten.

»Judy, ich habe Ihnen diese Frage schon einmal gestellt, aber ich möchte sie wiederholen: Haben Sie Peter Newton ermordet?«

Sie erwiderte seinen Blick. »Nein«, antwortete sie mit klarer Stimme. »Ich wollte Peter helfen. Ich habe gespürt, daß er Schwierigkeiten hat, und wollte ihn dazu überreden, zur Polizei zu gehen. Deshalb ist es zu dem Krach im Restaurant gekommen.«

»Ich dachte, dabei sei es um ein Hundehalsband gegangen?«

»Richtig«, bestätigte Judy. »Um das Halsband und um die Mitteilung, die Sie am Morgen nach Peters Tod bekommen haben.«

Harry rückte seinen Stuhl näher an den Sessel heran, um sie besser sehen zu können.

»Erzählen Sie mir davon, Judy«, forderte er sie auf.

*

Am nächsten Vormittag um elf Uhr holte Harry sie im Krankenhaus ab. Da Judy als Unfall eingeliefert worden war, hatte sie kein Gepäck. Eine nette Krankenschwester hatte ihr das Kleid gebügelt. Judy wirkte sichtlich erholt, trug aber den linken Arm noch immer in einer Schlinge.

Die Fahrt zu Defoe Mansions dauerte kaum zehn Minuten. Harry parkte direkt vor dem Eingang und holte einen großen Lederkoffer für Judys Sachen aus dem Kofferraum.

Oben im dritten Stock stellte er den Koffer ab und lächelte Judy beruhigend zu, bevor er klingelte.

»Überlassen Sie alles mir. Ich rede mit Linda. Sie brauchen überhaupt nichts zu sagen. Packen Sie nur einfach Ihre Sachen zusammen.«

Judy nickte und rückte nervös ihre Schlinge zurecht. Harry klingelte wieder.

»Sie ist nicht zu Hause, glaube ich«, sagte Judy, die hoffte, Linda nicht gegenübertreten zu müssen.

»Sieht so aus.« Harry zeigte auf den Briefkastenschlitz. »Versuchen Sie doch, sie zu rufen. Vielleicht macht sie auf, wenn sie Ihre Stimme erkennt.«

Judy bückte sich und rief durch den Briefkastenschlitz: »Linda! Ich bin's ... Judy.«

Als sich niemand meldete, sperrte Harry die Tür mit Sidney Heatons Schlüssel auf.

»Wo haben Sie den her?« fragte Judy überrascht.

Er gab keine Antwort, sondern nahm den Koffer mit und ging in die Wohnung voraus. Während Judy ratlos in der Diele zurückblieb, machte er rasch einen Rundgang durch die Räume, ohne eine Spur von Linda zu entdecken. Auch das kleine Schlafzimmer, in dem Judys Sachen waren, wirkte merkwürdig verlassen.

»Okay, packen Sie Ihre Sachen so schnell wie möglich«, forderte er Judy auf. »Irgendwas gefällt mir hier nicht.«

Judy ging an ihm vorbei zum Kleiderschrank. Harry legte den Koffer aufs Bett und klappte den Deckel hoch.

»Das ist aber komisch!« rief Judy aus.

»Was denn?«

»Meine Sachen sind alle hier, aber Lindas scheinen weg zu

sein.«

»Hat sie ihre Garderobe hier aufbewahrt? Ich dachte, sie hätte . . .«

»Nein, die meisten Sachen sind im anderen Zimmer, aber Linda hat ihre langen Kleider hier im Schrank hängen gehabt. Augenblick!«

Judy verschwand nach draußen. Er wollte ihr folgen, aber in diesem Augenblick klingelte das Telefon. Harry überlegte, ob er den Hörer abnehmen sollte. Dann griff er danach und sagte: »Hallo?«

»Fünf-sechs-acht-eins-sieben-zwo-neun?« fragte eine Frauenstimme.

Harry sah auf der Wählscheibe, daß die Nummer stimmte. »Ja«, antwortete er.

»Ich habe ein Telegramm für Linda Wade.«

»Danke, das nehme ich gleich an.«

»Der Text lautet: ›Erwarte dich morgen früh zehn Uhr. Douglas.‹«

»Haben Sie ›Douglas‹ gesagt?«

»Ja, Sir.«

»Wo ist das Telegramm aufgegeben worden?«

»Um Viertel vor elf in St. Albans.«

»Aha. Vielen Dank.«

»Brauchen Sie eine schriftliche Bestätigung?«

»Ja, bitte.«

Harry stand noch immer nachdenklich am Telefon, als Judy zurückkam.

»Was war das?«

»Falsch verbunden. Haben Sie etwas herausbekommen?«

»Ja. Linda ist fort. Ihr Kleiderschrank ist völlig ausgeräumt.«

Harry nickte. »Los, Judy, wir müssen uns beeilen!«

Sie begannen, Judys Sachen in den Koffer zu packen.

»Wie lange brauchen wir nach Steeple Aston?« erkundigte Judy sich dabei.

»In zwei Stunden sind wir in Bicester. Von dort aus sind es noch zehn Meilen nach Steeple Aston.« Harry richtete sich auf. »Das Hotel heißt The Priory.«

»Ein merkwürdiger Name für ein Hotel«, sagte Judy, die mit einem Stapel Pullover vom Kleiderschrank zurückkam.

»Ja, ich weiß. Eigentlich ist es mehr ein Gästehaus als ein Hotel. Dort gefällt es Ihnen sicher.«

»Das glaube ich auch! Ich bin froh, daß ich aus London herauskomme.« Judy sah zu Harry hinüber. »Ich bin Ihnen wirklich sehr dankbar für alles.«

»Das brauchen Sie nicht zu sein«, wehrte er verlegen ab. »Merken Sie sich nur, was ich Ihnen gesagt habe. Geben Sie niemand Ihre Adresse, verlassen Sie das Hotel nicht und telefonieren Sie nur mit mir.«

Sie lächelte, als er das so eindringlich sagte.

»Gut, ich werd's mir merken.«

»Die Hotelbesitzer sind gute Freunde von mir. Ich habe ihnen erklärt, Sie müßten sich nach einem Verkehrsunfall erholen und . . .«

Er sprach nicht weiter. Sie sahen beide in die Diele hinaus. Jemand hatte an der Wohnungstür geklingelt. Harry legte einen Finger auf die Lippen und forderte Judy mit einer Handbewegung zum Zurückbleiben auf. Er trat in die Diele, schloß die Tür hinter sich und blieb horchend stehen.

Draußen schloß sich die Lifttür, dann fuhr der Aufzug nach unten. Der Besucher hatte offenbar schnell aufgegeben.

Harry öffnete die Tür, um nachzusehen, ob wirklich niemand mehr da war. Im Flur stand niemand, aber auf der Fußmatte lag ein länglicher weißer Briefumschlag.

Er bückte sich danach. Noch bevor seine Finger ihn berührten, wurde ihm klar, daß er einen großen Fehler gemacht hatte. Aus dem Augenwinkel heraus erkannte er eine Bewegung neben sich, wollte ausweichen und ging zu Boden, als der Pistolengriff ihn hinter dem Ohr traf.

Marty Smith stieg über den Bewußtlosen hinweg und betrat mit schußbereiter Waffe die Wohnung.

»Judy!«

Er blieb an der Wohnzimmertür stehen, sah sich mißtrauisch um und warf einen Blick in das Schlafzimmer nebenan. Danach kam er in die Diele zurück und rief wieder: »Judy!« Er sah die geschlossene Schlafzimmertür und stieß sie auf.

Judy stand dicht dahinter.

»Marty!« Sie zwang sich zu einem Lächeln. »Du bist es also!«

»Richtig. Warum hast du nicht geantwortet, als ich gerufen habe?«

»Ich hab' nicht genau gewußt, ob du's wirklich bist. Was ist mit dem Polypen?«

»Der ist vorläufig kaltgestellt.«

Er zog sie am Ärmel hinter sich her in die Diele hinaus. Sie blieb stehen, als sie Harry an der Tür liegen sah.

»Das hat er verdient, der Dreckskerl!« sagte sie gehässig.

»Los, komm schon, Judy!« drängte Marty und führte sie zum Aufzug. Er drückte mehrmals ungeduldig auf den Rufknopf, obwohl der Leuchtpfeil bereits anzeigte, daß der Lift nach oben kam. Dann schob er Judy vor sich her in die Kabine und steckte gleichzeitig die Pistole weg.

Mr. Pye, der im zweiten Stock wohnte, wußte aus Erfahrung, daß man den Lift, dessen Fahrgäste ins Erdgeschoß wollten, nur anhalten konnte, wenn man kräftig an der Tür zog. Dann wurde die Kabine abgebremst, und die Tür ließ sich öffnen, sobald der Aufzug an dem Anschlagstift vorbeigeglitten war.

Marty war von diesem Manöver völlig überrascht. Er starrte Mr. Pye feindselig an, als er freundlich lächelnd in die Kabine trat. Der Aufzug setzte sich wieder nach unten in Bewegung.

Dann griff Judy plötzlich mit der rechten Hand nach der Pistole in Martys Schulterhalfter. Sie brachte die Waffe an sich, bevor er ihr Handgelenk umklammerte.

»Hilfe!« kreischte Judy gellend.

Der verblüffte Mr. Pye reagierte erstaunlich rasch, indem er Martys Hand mit der Pistole nach unten drückte. Dabei löste sich ein Schuß, der durch den Kabinenboden ging. Im nächsten Augenblick landete Martys Knie in Mr. Pyes Magen, so daß der andere losließ und keuchend zusammenklappte.

Der Aufzug hielt. Marty riß die Tür auf und stieß Judy vor sich her. Sie stolperte, hätte beinahe das Gleichgewicht verloren und taumelte in die Eingangshalle hinaus. Als Marty ihr folgen wollte, hielt Mr. Pye ihn am Knöchel fest und brachte ihn zu Fall.

Marty kam fluchend wieder auf die Beine, versetzte Mr. Pye einen weiteren Tritt und lief dann zu Judy, die mit schmerzverzerrtem Gesicht an der Wand lehnte. Er riß sie zu sich heran und kehrte dabei der Treppe neben dem Lift den Rücken zu.

Inzwischen rannte Harry die Treppe herunter. Er erfaßte die Lage mit einem Blick und stürzte sich mit einem Sprung auf Marty, der nicht mit einem Angriff gerechnet hatte. Die Pistole fiel zu Boden, von wo Judy sie mit dem Fuß außer Reichweite beförderte.

Der Kampf dauerte nicht lange. Marty wehrte sich verzweifelt, aber Harry war ihm körperlich überlegen. Der kleine Mann versuchte noch, sein Messer zu ziehen, als er nach einem geradezu klassischen Kinnhaken zu torkeln begann. Harrys linke Gerade gab ihm den Rest.

Harry beugte sich keuchend über Judy, die an der Wand auf dem Boden saß und sich ihre verletzte Schulter hielt. Sie hatte Tränen in den Augen.

»Judy, ist alles in Ordnung?«

Sie rang sich tapfer ein Lächeln ab.

»Nur weiter so, dann bin ich wirklich bald krankenhausreif«, murmelte sie.

»Ich auch«, stimmte Harry zu und betastete die neue Beule hinter dem anderen Ohr.

Hinter ihm hob Mr. Pye vorsichtig Martys Pistole auf und sicherte sie.

*

Harry machte es sich an diesem Morgen gemütlich. Er hatte eigentlich Urlaub und wollte die restlichen Tage nützen, um die Angelegenheiten seines Vaters in Ordnung zu bringen. Außerdem wurde er oft genug im Laden gebraucht. Douglas Croft war ein guter Verkäufer, aber er war nicht in der Lage zu entscheiden, was eingekauft werden mußte. Nachdem Harry seinen Kollegen bei Scotland Yard Marty Smith frei Haus geliefert hatte, mußten sie Tam Owen ohne seine Mithilfe aufspüren. Der Verdacht gegen ihn selbst schien völlig ausgeräumt zu sein, obwohl Harry noch immer nicht wußte, ob Yardley ihn wirklich verdächtigt hatte.

Er wollte sich nicht eingestehen, daß er hauptsächlich deshalb so guter Laune war, weil er wußte, daß Judy in einem sicheren Versteck war, wo niemand sie finden würde. Er hatte sie morgens angerufen, und ihre Stimme hatte glücklich und zufrieden geklungen. Auch ihre Schulter tat inzwischen fast nicht mehr weh. Harry hatte sie nochmals gewarnt, das Hotel zu verlassen oder mit jemand anders außer ihm zu telefonieren.

Er war eben im Bad beim Rasieren, als es klingelte. Vielleicht war das Nat mit den neuesten Nachrichten. Vielleicht hatten sie Linda aufgespürt. Und vielleicht war Marty endlich bereit, sein hartnäckiges Schweigen zu brechen.

Der frühe Besucher war Hubert Rogers, der offensichtlich ins Büro unterwegs war. Seine Krawatte saß untadelig, seine Melone war genau waagrecht aufgesetzt, und seine Schuhe glänzten makellos. Der zusammengerollte Schirm und der Aktenkoffer waren nur noch »schmückendes Beiwerk«.

Harry konnte seine Überraschung nicht ganz verbergen.

»Guten Morgen, Mr. Dawson. Haben Sie einen Augenblick Zeit für mich?«

»Ja, natürlich. Kommen Sie bitte herein.« Harry führte ihn ins Wohnzimmer. »Ich habe noch Urlaub, wissen Sie. Kann ich Ihnen irgend etwas anbieten?«

»Nein, vielen Dank.« Hubert hatte Hut, Regenschirm und Aktenkoffer auf den gleichen Sessel wie beim erstenmal gelegt. »Dawson, ich kümmere mich gerade um die Abwicklung der Hinterlassenschaft meiner Tante. Gestern habe ich eine Entscheidung wegen des Hundes treffen müssen.«

»Ja?«

»Ich habe ihn bei Freunden untergebracht, die auf dem Land leben.«

»Wo war Zero inzwischen? Im Hotel?«

»Ja. Seltsamerweise können dort auch Hunde untergebracht werden, was für meine Tante den Ausschlag gegeben haben dürfte.« Hubert zuckte mit den Schultern. »Sie wissen inzwischen wohl auch, daß sie in Wirklichkeit als Gast dort gewesen ist?«

»Ja, ich weiß.« Harry hatte nicht die Absicht, Hubert zum Platznehmen aufzufordern. »Was wollten Sie mir also erzählen?«

»Nun, als ich Zero abgeholt habe, ist mir als erstes sein Halsband aufgefallen.« Hubert öffnete seinen Aktenkoffer. »Es war offenbar brandneu, und da meine Tante solchen Zauber wegen des anderen gemacht hatte, wollte ich mir dieses genauer ansehen.«

Er nahm ein neues Hundehalsband aus seinem Aktenkoffer und hielt es Harry hin.

»Ist daran irgend etwas Ungewöhnliches?«

»Ja.« Hubert wartete darauf, daß er sich das Halsband ansah. Es war aus weichem Leder und hatte innen einen Reißverschluß über fast die gesamte Länge.

»Haben Sie in dieser Tasche etwas gefunden?« fragte Harry, während er langsam den Reißverschluß aufzog.

»Allerdings!« Hubert kostete die Situation ganz aus. Jetzt griff er betont langsam in seine Westentasche. »Etwas, das Ihnen gehört, Dawson.«

Harry nahm den Zettel entgegen und faltete ihn auseinander. »Was ist das?«

»Offenbar ein Reparaturschein – für eine Perlenkette.«

Auf dem Zettel stand:

»Minerva Jewels Ltd.
Burlington Street
London, W1
Dawson. Dreireihige Perlenkette. Aufziehen.«

»Dieser Zettel gehört nicht mir«, erklärte Harry seinem Besucher. »Aber ich kann mir denken, wie Sie auf diese Idee gekommen sind.«

»Er ist auf Ihren Namen ausgestellt!«

»Nein, auf den Namen meines Vaters. Ich habe gewußt,

daß es diesen Schein irgendwo geben mußte. Besten Dank, daß Sie ihn mir gebracht haben, Rogers.«

»Sie haben davon gewußt?« Hubert war sichtlich enttäuscht, weil seine Überraschung fehlgeschlagen war.

»Ja«, bestätigte Harry. »Wir haben sogar schon nach diesem Schein gesucht.«

»Aha«, sagte Hubert reserviert. Dann lief er plötzlich rot an. »Nein, das verstehe ich nicht! Was hat meine Tante mit diesem Zettel zu tun gehabt, wenn er Ihrem Vater gehört hat? Und warum war er in Zeros Halsband versteckt? Das mit dem Halsband ist auch wieder so eine Sache. Es muß eine Sonderanfertigung sein. Ich möchte wetten, daß man solche Halsbänder nicht einfach kaufen kann!«

»Ganz recht«, stimmte Harry zu. »Darf ich den Schein und das Halsband behalten?«

»Ja, natürlich.« Hubert hüstelte verlegen, bevor er weitersprach: »Dawson, ich habe gestern mit Chefsuperintendent Yardley geredet. Er hat mir erklärt, die Ermittlungen wegen der Ermordung meiner Tante seien noch nicht recht weitergekommen. Aber ich hatte den Eindruck . . . nun ja, als verschweige er mir irgend etwas.«

»Dann hat er's auch mir verschwiegen.« Harry ging zur Tür. »Wenn Sie mich jetzt bitte entschuldigen, Rogers! Ich bin verabredet und muß gleich fort.«

Als Harry ins Wohnzimmer zurückkam, stand Douglas Croft am Schreibtisch und betrachtete das Hundehalsband. Er war mit einem Ordner unter dem Arm aus dem Laden heraufgekommen.

»Harry, was hat das zu bedeuten? Wo kommt dieses Halsband her?«

»Das erzähle ich Ihnen gleich, Douglas.« Harry ging ans Telefon. »Nein, nein, Sie können ruhig dableiben!« sagte er lächelnd, als Croft gehen wollte. »Das ist kein richtiges Privatgespräch.« Während er darauf wartete, daß sich jemand meldete, fragte er beiläufig: »Douglas, kennen Sie eine Linda Wade?«

»Linda . . .?« Douglas spielte mit dem Reißverschluß des Hundehalsbandes.

»Wade«, wiederholte Harry.

»Linda Wade? Nein, die kenne ich nicht.« Douglas runzelte die Stirn. »Müßte ich sie kennen?«

Harry kehrte ihm den Rücken zu, als sich eine Stimme am Telefon meldete. »Hallo, Telegrammannahme? Hier ist fünf-acht-sechs-zwo-sechs-sieben-neun. Ich möchte ein Telegramm an Mrs. Sybil Conway, Hampstead, Broadway Avenue, Villa Stillwater, schicken.« Er wartete kurz. »Haben Sie das? Der Text lautet: ›Habe Annahmeschein gefunden. Vorschlage Treffen Restaurant Serpentine, Hyde Park, heute nachmittag vier Uhr.‹«

Er ließ sich das Telegramm wiederholen. »Danke, das ist richtig. Der Absender heißt Croft, Douglas Croft.«

*

Als seine Uhr Viertel nach vier anzeigte, fragte Harry sich, ob der Fisch anbeißen würde. Andererseits war es nicht unangenehm, hier in der Sonne auf der Terrasse des Restaurants Serpentine zu sitzen. Er konnte Ruderboot und Enten beobachten und einer weißhaarigen alten Dame zusehen, die den Schwänen Futter zuwarf. Der Londoner Verkehrslärm war hier nur als dumpfes Brausen im Hintergrund zu hören, weil der Park selbst für den Autoverkehr gesperrt war. Hinter den Bäumen und jenseits der Serpentine lag die Polizeistation Hyde Park, von deren Existenz die wenigsten Parkbesucher wußten.

Dann erschien Arnold Conway auf der Terrasse. Er wirkte wie der Prototyp des erfolgreichen Geschäftsmannes, der sich frühzeitig zur Ruhe gesetzt hat. Sein Maßanzug saß vorbildlich, und sein nur an den Schläfen graues Haar zeigte, daß er einen erstklassigen Friseur haben mußte.

Er sah sich um, stellte fest, daß Harry Dawson an einem der Tische saß, konnte Douglas Croft jedoch nirgends erkennen und kam ohne zu zögern auf Harry zu.

»Sie haben also das Telegramm geschickt.« Das war eher eine Feststellung als eine Frage. Conway setzte sich Harry gegenüber. »Meine Frau läßt sich entschuldigen. Sie wollte noch etwas einkaufen, deshalb habe ich ihr angeboten, sie zu vertreten.«

»Ich habe ohnehin Sie erwartet, Mr. Conway.« Harry bemühte sich vergeblich, die Serviererin auf sich aufmerksam zu machen, bevor sie im Restaurant verschwand. »Aber Sie kommen ziemlich spät. Haben Sie keinen Parkplatz für Ihren Rollstuhl gefunden?«

Conway lächelte nur. »Was ist übrigens mit Ihrem Telegramm, Mr. Dawson?« erkundigte er sich. »Stimmt das tatsächlich?«

»Ob ich den Reparaturschein für die Perlenkette habe, meinen Sie?«

»Richtig. Darf ich ihn sehen?«

Harry holte den Zettel aus der Tasche und hielt ihn hoch, damit der andere ihn lesen konnte. Conway machte keinen Versuch, ihm den Schein zu entreißen.

»Danke«, sagte er und zündete sich eine Orientzigarette an. »Wann haben Sie zum erstenmal von diesem Schein gehört?«

»Ihre Frau hat sich mit Douglas Croft in Verbindung gesetzt. Sie hat ihm erklärt, sie glaube, mein Vater habe den Schein irgendwo versteckt. Douglas sollte ihr den Gefallen tun, ihn zu suchen.«

»Und er hat ihn gefunden?«

»Nein. Jemand anders hat ihn gefunden.«

»Aha.« Conway steckte seine Zigarette in eine Meerschaumspitze. »Aber ich verstehe Ihr Telegramm nicht. Hätten Sie den Schein nicht einfach meiner Frau schicken können?«

»Doch, aber dann hätte ich auf Ihre Gesellschaft verzichten müssen, Mr. Conway. Und darum ist es mir in erster Linie gegangen.«

»Was wollen Sie von mir?«

»Ich will wissen, wie mein Vater in diese Sache hineingeraten ist. Ich will wissen, warum Ihre Frau sich mit ihm eingelassen hat. Ich will wissen, warum Tam Owen ihn ermordet hat.«

Harry hatte leise gesprochen, und Conway reagierte zunächst nicht. Aber dann antwortete er doch.

»Ihr Vater war ein Dummkopf«, sagte er ebenso leise. »Und ein Pechvogel dazu. Ich möchte Ihnen raten, sich nicht in diese Sache einzumischen, junger Mann.«

»Und was ist, wenn ich Ihren guten Rat nicht annehme?« fragte Harry, sich nur mühsam beherrschend.

»Für so dumm halte ich Sie nicht. Sie haben gesehen, was Linda Wade zugestoßen ist.«

»Ich bin nicht ängstlich. Außerdem kann ich mich recht gut meiner Haut wehren.«

»Das glaube ich.« Conway streifte die Asche von seiner Zigarette. »Aber ich denke dabei nicht an Sie.«

»An wen sonst? Etwa an Judy Black?«

Conway lächelte. »Ich bin davon überzeugt, Sie werden alles tun, daß Miss Black nichts zustößt.«

»Richtig! Und ihr wird auch nichts passieren!«

»Das klingt sehr selbstbewußt. Glauben Sie etwa, wir können sie nicht finden?« Conways Lächeln wurde sarkastisch. »Soll ich Ihnen sagen, wo Miss Black sich in diesem Augenblick aufhält?«

»Ja, das würde mich interessieren.«

Conway zog an seiner Zigarette, bevor er seinen Trumpf ausspielte. »Sie ist im Hotel The Priory in Steeple Aston, etwa zehn Meilen außerhalb von Bicester.«

Aber die erwartete Wirkung blieb aus. Statt dessen beugte Harry sich grinsend nach vorn und klopfte Conway auf die Schulter.

»Darauf würde ich lieber keine Wette eingehen, Mr. Conway!« erklärte er ihm.

Der andere wirkte erstmals unsicher. »Wie meinen Sie das?« wollte er wissen.

»Gestern mittag war ich mit Judy bei Linda Wade, um ihre Sachen abzuholen«, sagte Harry. »Während wir dort waren, ist Marty Smith aufgekreuzt. Was ihm zugestoßen ist, brauche ich Ihnen wohl nicht zu schildern.«

»Bitte weiter!«

»Nachdem Smith abgeführt worden war, habe ich die Wohnung durchsucht und die Mikrofone und das Tonbandgerät gefunden. Ich wußte, daß mein Gespräch mit Judy, bei dem das Hotel genannt wurde, auf Band aufgenommen worden war, deshalb habe ich nichts daran verändert. Dadurch sind Sie auf eine falsche Fährte gelockt worden.«

»Mich haben Sie überhaupt nirgends wohin gelockt«, stellte Conway aufgebracht fest. »Ich habe Tam Owen schon immer davor gewarnt, Sie zu unterschätzen. Aber er . . .«

Er sprach nicht weiter, als eine Lautsprecherstimme sagte: »Mr. Conway bitte ans Telefon am Empfang. Mr. Arnold Conway.«

»Für mich!« meinte Conway überrascht. »Wohin muß ich gehen?«

Harry zeigte auf die Glastür am Ende der Terrasse.

»Dort durch den Eingang. Die Kabine ist gleich um die Ecke. Ich warte inzwischen hier auf Sie.«

Conway kam überraschend schnell zurück. Er war sichtlich nervös und sah sich nach allen Seiten um, bevor er sich wieder setzte.

»Das war meine Frau«, sagte er gespielt nonchalant. »Sie wollte wissen, wie lange ich noch brauche.«

»Was haben Sie geantwortet? Zehn Jahre?«

Der andere rang sich ein Lächeln ab.

»Sie will in ein paar Minuten vorbeikommen.«

»Vielleicht leistet sie uns ein bißchen Gesellschaft?«

»Nein, mein Lieber, das glaube ich ...«

»An dem Tag, an dem mein Vater ermordet worden ist«, unterbrach Harry ihn, »wollte er sich mit Sybil im Golfklub treffen, stimmt's? Sie war der Köder. Die aparte, elegante Sybil, die ihm vorgemacht hat, sie liebe ihn.«

Conway brauchte nicht zu antworten. Er legte den Kopf schief, als es in den Lautsprechern knackte. Dann meldete sich die gleiche Stimme wie vorher: »Mr. Dawson bitte ans Telefon am Empfang. Mr. Harry Dawson.«

»Jetzt sind Sie dran, alter Junge.« Conway zündete sich eine neue Zigarette an. Er sah lächelnd zu Harry hinüber, der nicht recht wußte, ob er ans Telefon gehen sollte. »Keine Angst, Inspektor. Ich laufe nicht weg.«

Harry ging rasch über die Terrasse. Nur Douglas Croft wußte, daß er hier war. Es sei denn, Mrs. Conway hätte ...

Die Empfangsdame sah ihm fragend entgegen, als er an ihre Theke trat.

»Mr. Dawson? Sie können dort drüben in der Kabine sprechen.«

Bevor Harry in die Kabine ging, sah er nochmals auf die Terrasse hinaus. Conway saß noch an ihrem Tisch und wirkte völlig entspannt.

Er zog die Tür hinter sich zu und nahm den Hörer ab. Aber er hörte nur das Amtszeichen. Trotzdem versuchte er, sich zu melden.

»Hallo? Hier ist Dawson. Hallo . . . Hallo!«

Nach einer halben Minute gab er auf, verließ die Sprechkabine und ging zum Empfang zurück.

»Tut mir leid, aber da meldet sich niemand«, sagte er. »Wissen Sie bestimmt, daß ein . . .«

Draußen auf der Terrasse schrie jemand auf. Dann folgten weitere Schreie. Gläser klirrten, als Tische umgestoßen wurden.

Harry war mit fünf, sechs großen Schritten an der Glastür und riß sie auf. Die Tische um Conways Platz herum waren leer. Die anderen Gäste waren instinktiv auseinandergestoben. Conway war nach vorn auf den Tisch gesackt und bewegte sich nicht mehr.

Als Harry über die Terrasse lief, drängte sich ein anderer Mann aus der entgegengesetzten Richtung durch die Tischreihen. Harry vermutete, daß er ein Arzt war. Sie erreichten den zusammengesunkenen Conway fast gleichzeitig.

»Was ist passiert?« fragte Harry.

»Jemand hat auf ihn geschossen«, antwortete der Mann. »Der Schuß ist von dort drüben gekommen.«

Er zeigte auf ein Gebüsch, hinter dem die Lieferantenzufahrt des Restaurants lag. Harry beugte sich über Conway. Er sah auf den ersten Blick, daß ihm nicht mehr zu helfen war: Die Kugel hatte ihn über dem rechten Auge getroffen.

Harry richtete sich auf, spurtete über die Terrasse und sprang auf den Rasen, weil von dort aus die Zufahrtsstraße zu überblicken war.

Auf der Straße fuhr ein grauer Jaguar an, beschleunigte mit quietschenden Reifen und raste in Richtung Albert Memorial davon. Die Nummer des Wagens war auf diese Entfernung nicht mehr zu erkennen.

Harry kam an den Tisch mit dem Erschossenen zurück. Als er die Terrasse erreichte, stürzte eine elegante Frau aus dem Restaurant. Er ging Sybil Conway entgegen, um sie aufzuhalten, bevor sie sah, wie die Kugel ihren Mann zugerichtet hatte.

*

Harry stand am Parliament Square auf dem Gehsteig und beobachtete, wie der große Uhrzeiger von Big Ben die Zwölf erreichte und weiter vorrückte. Es war acht Uhr abends. Chefsuperintendent Yardley hatte nur schwer einen Termin für ihn freimachen können und war deshalb auf diese Lösung gekommen. Yardley mußte nach Camden Town; wenn Harry in seinem Dienstwagen mitfuhr, konnten sie unterwegs miteinander reden.

Um sieben nach acht hielt ein unauffälliger blauer Ford neben Harry, den bei diesem Anblick ein eisiger Schreck durchzuckte. Yardley hatte den Fahrer zurückgelassen und saß selbst am Steuer. Der Chefsuperintendent war als wilder Autofahrer bekannt.

Yardley beugte sich nach links, um die Beifahrertür zu öffnen. Er entschuldigte sich nicht für seine Verspätung, als Harry einstieg und sich anschnallte. Harrys Kopf ruckte nach hinten, als der Ford anfuhr.

»Was wollten Sie mit mir besprechen?« erkundigte Yardley sich.

»Ich weiß, wie mein Vater ermordet worden ist, Sir.« Harry machte eine Pause, als der Wagen scharf abbog. »Nachdem Arnold Conway erschossen worden war, habe ich heute nachmittag seine Frau nach Hause gebracht. Sie war natürlich schrecklich durcheinander, und ich habe sie reden lassen. Sie hat mir von meinem Vater und Mrs. Rogers erzählt; sie hat mir gesagt, warum . . .«

»Langsam!« unterbrach Yardley ihn. »Mich interessiert, was Mrs. Conway Ihnen erzählt hat, aber wär's nicht besser, wenn Sie von vorn anfangen würden.«

»Ja, natürlich«, stimmte Harry zu. »Bevor Mrs. Rogers zu uns gekommen ist, scheint sie häufig die Arbeitsplätze gewechselt zu haben. Eines Tages hat sie herausbekommen, daß ihr damaliger Arbeitgeber – ein gewisser Tam Owen – einen Callgirlring geleitet hat. Sie hat Beweise für seine Tätigkeit gesammelt – Fotos, Kundenlisten und einen belastenden Brief – und ihn damit erpreßt. Irgendwann muß sie gemerkt haben, daß Tam Owen mit dem Gedanken spielte, sie zu beseitigen, deshalb hat sie ihm gegenüber behauptet, falls ihr etwas zustoße, werde mein Vater sie rächen. Sie hat damit angedeutet, sie und mein Vater seien Komplizen.«

»Was aber nicht stimmte.«

Yardley fuhr auf dem kürzesten Weg um den Trafalgar Square, indem er die übrigen Verkehrsteilnehmer ignorierte. Das ging noch mal gut, obwohl mehrere Fahrer wütend hupten.

»Selbstverständlich nicht«, bestätigte Harry, als die Krise überstanden war. »Sogar Tam Owen hat ihr das nicht recht geglaubt. Er hat Sybil Conway angewiesen, sich an meinen Vater heranzumachen und ihm Bericht zu erstatten. Mrs. Conway hat ihm erklärt, ihrer Meinung nach habe unsere Haushälterin gelogen. Sie hat außerdem gemeldet, Mrs. Rogers sei völlig in ihren Pudel Zero vernarrt.«

»Deshalb haben sie den Hund entführt, um ihn gegen das Belastungsmaterial einzutauschen?«

»Richtig«, stimmte Harry zu. »Newton hat in Tam Owens Auftrag Mrs. Rogers angerufen und ein Treffen mit ihr vereinbart. Bei dieser Gelegenheit hat Mrs. Rogers sich seine Autonummer auf einem Ordner auf dem Schreibtisch meines Vaters notiert. Sie hat sich mit Newton getroffen, der ihr das Hundehalsband gezeigt hat, um zu beweisen, daß sie den Pudel wirklich haben. Aber Mrs. Rogers hat nicht mitgemacht, weil das nicht das richtige Halsband war, was Newton jedoch nicht wissen konnte. Näheres erfahre ich hoffentlich von Judy Black. In diesem Fall geht's jedoch darum, daß Mrs. Rogers angenommen hat, das Ganze sei nur ein Bluff. Deshalb hat Tam Owen beschlossen, sie wirklich zu erschrecken.«

»Indem er Ihren Vater ermordet hat«, warf Yardley ein.

In der Lower Regent Street mußten sie vor einer Ampel halten. Yardley bremste, ließ aber den Gang eingelegt und trat nur die Kupplung. Die beiden Männer beobachteten einige Sekunden lang schweigend die bunten Lichtspiele am Piccadilly Circus.

»Ja«, bestätigte Harry ruhig. »Sybil Conway sollte sich mit meinem Vater im Golfklub treffen. Aber sie hat dort angerufen und ihm erklärt, sie sei aufgehalten worden und werde zum sechsten Grün kommen. Statt dessen ist er dort von Owen und Smith erwartet worden. Marty Smith hat ihn niedergeschlagen, und Owen hat ihm mit einem Stein . . .«

Der Taxifahrer hinter ihnen hupte ungeduldig. Yardley fuhr mit einem Ruck an.

»Und Newton?« fragte der Chefsuperintendent, nachdem er in die Upper Regent Street eingebogen war.

»Newton war bereits auf dem Golfplatz, um dann zum Klubhaus laufen und den angeblichen Unfall melden zu können.«

»Hm«, meinte Yardley nachdenklich. »Das klingt äußerst unwahrscheinlich, aber ich muß zugeben, daß es mit Judy Blacks Aussage übereinstimmt. Aber ich verstehe nicht, warum Newton Ihnen diese Mitteilung geschickt hat.«

»Die war nicht von ihm, Sir.«

»Oh? Von wem sonst?«

»Judy hat mir das Hundehalsband geschickt. Sie muß erraten haben, was vorgefallen war. Ihrer Überzeugung nach konnte Peter nichts Besseres tun, als zu mir zu kommen und auszupacken. Aber sie war sich darüber im klaren, daß er einen Anstoß von außen brauchte – deshalb hat sie mir den Brief geschickt. Am gleichen Abend hat sie Peter davon erzählt und ihm den Einschreibzettel gegeben. Leider hat Newton anders reagiert als erwartet. Nachdem sie Krach bekommen hatten, ist er in seine Wohnung zurückgefahren und hat Tam Owen angerufen. Wie Owen dieses Problem gelöst hat, brauche ich Ihnen ja nicht zu erzählen.«

»Allerdings nicht! Mein Gott, dieser Teil von London wird noch das reinste Labyrinth!«

Yardley starrte angestrengt geradeaus, während er der Umleitung zum Portland Place folgte.

»Ist das nicht ein Umweg für Sie?« fragte Harry.

»Ich setze Sie am Regent's Park ab. Von dort aus haben Sie nicht weit nach Hause.«

»Ja, danke.«

»Hat Mrs. Conway Ihnen die Sache mit dem Rollstuhl und dem Scheck für Basil Higgs erklärt?«

»Nun, die Conways waren ein seltsames Paar. Sie haben vor allem um des Nervenkitzels willen mit Tam Owen zusammengearbeitet. Conway war der Typ, der es als Selbstbestätigung ansieht, wenn er andere reinlegen kann. Er hat sich über einen Kriminalbeamten amüsiert, dessen Scheck auf einem ihrer Konten für Erpressungsgelder landen würde.«

»Und der Rollstuhl?«

»Sybil Conway hat meinen Vater mit der Ausrede hingehalten, ihr Mann sei ein Invalide, von dem sie sich unmöglich scheiden lassen könne. Als ich dann Zero abgeholt habe, mußte er diese Rolle spielen, nicht wahr? Die beiden müssen sich schiefgelacht haben, als ich gegangen war!«

Yardley grunzte nur.

»Was wollten Sie vorhin noch über das Halsband sagen?« erkundigte er sich nach einer Pause.

»Das Halsband war sozusagen ein Symbol für das Mißtrauen dieser Leute untereinander. Mrs. Rogers hat überall nach Material für Erpressungen gesucht. Sie hat meinem Vater den Reparaturschein gestohlen und in Zeros Halsband versteckt.«

»Aber der Hund hatte kein Halsband, als Sie ihn bei den Conways abgeholt haben.«

»Richtig. Vielleicht hat er's nicht getragen, als er gestohlen worden ist. Oder jemand hat die Halsbänder vertauscht.«

»Die Perlenkette war wohl wertvoll genug, daß Mrs. Conway sie unbedingt zurückhaben wollte?«

»Sie war ein kleines Vermögen wert. Auch der Einbrecher in der Villa Stillwater hatte es nur auf diese Perlen abgesehen. Deshalb ist Mrs. Conway auf die brillante Idee gekommen, sie als gestohlen zu melden.«

»Das ist alles sehr interessant, Dawson. Aber die wichtigste Frage ist noch immer nicht beantwortet.«

»Welche, Sir?«

Yardley hielt am U-Bahnhof Regent's Park und starrte mit zusammengekniffenen Augen durch die Windschutzscheibe.

»Wer ist Tam Owen?«

*

Der Polizeifahrer, der Judy am nächsten Morgen zu Harry Dawsons Wohnung brachte, hatte ausdrückliche Anweisung, sie persönlich bei dem Inspektor abzuliefern. Deshalb stieg er mit ihr aus und begleitete sie die Treppe hinauf zu Harrys Wohnungstür, die nach dem ersten Läuten geöffnet wurde.

»Hallo, Judy!« sagte Dawson lächelnd. »Kommen Sie bitte herein.«

»Guten Morgen, Sir«, warf Konstabler Fuller ein, um auf seine Anwesenheit aufmerksam zu machen.

»Guten Morgen, Fuller. Vielen Dank, daß Sie sie hergebracht haben.«

»Es war mir ein Vergnügen.« Fuller wandte sich grinsend an Judy. »Stets zu Ihren Diensten, Miss. Der Inspektor braucht uns nur anzurufen.«

Nachdem der Fahrer sich verabschiedet hatte, führte Harry Judy ins Wohnzimmer. Sie hatte wieder blondes Haar und brauchte den Arm nicht mehr in der Schlinge zu tragen. Harry fand, daß sie bezaubernd aussieht.

»Hat mein Anruf Sie überrascht?« erkundigte er sich, nachdem er ihr einen Sessel angeboten hatte.

»Hm . . . ja, einigermaßen«, gab sie zu.

»Judy, ich habe heute morgen lange mit meinem Chef telefoniert«, begann Harry. »Wir möchten, daß Sie uns helfen.«

»Gern, soweit ich kann. Das habe ich Ihnen bereits gesagt.«

»Ja, ich weiß, aber . . . Sie sollen wissen, worauf Sie sich einlassen.«

Judy öffnete langsam eine neue Packung Zigaretten.

»Was soll ich also tun?«

»Wir möchten vor allem, daß Sie mit Linda Wade reden.«

»Aber ich weiß nicht, wo sie ist! Ich habe sie seit . . .«

»Wir haben sie gefunden. Unser unermüdlicher Sergeant Quilter hat sie in St. Albans aufgespürt.«

»St. Albans? Was tut sie dort?«

»Sie ist in einer Privatklinik in Maylee Park, die von einem Schönheitschirurgen namens Walter Douglas geleitet wird.«

Judy runzelte die Stirn. »Douglas? Wo habe ich den Namen in letzter Zeit gehört?«

»Einer meiner Angestellten heißt Douglas – Douglas Croft. Ein seltsamer Zufall. Linda soll morgen operiert werden, und wir möchten, daß Sie vorher mit ihr reden.«

»Gut, meinetwegen . . . Aber wie ich Linda kenne, hat sie zuviel Angst, um auszupacken. Sie hält bestimmt den Mund. Dazu ist es jetzt zu spät.«

»Ja, das ist mir klar.«

»Was soll ich dann bei ihr?« fragte Judy verständnislos.

Harry stand auf, um ihr Feuer zu geben.

»Sie sollen ihr nur etwas bestellen. Reden sollen Sie, nicht Linda Wade.«

*

»Der Teufel soll mich holen, wenn ich dich verstehe, Judy! Ich weiß überhaupt nicht, worauf du hinauswillst!«

»Ich will auf gar nichts hinaus, Linda. Ich bitte dich nur, eine Nachricht für mich zu übermitteln.«

»Wie kann ich jemand, den ich gar nicht kenne, etwas übermitteln?«

Judy schüttelte aufgebracht den Kopf. »Hör doch endlich auf, mich wie ein Kind zu behandeln! Du kennst Tam Owen. Ihr habt oft zusammengearbeitet. Du hast schon hundertmal mit ihm telefoniert.«

Linda hatte in Dr. Douglas' Privatklinik ein Einzelzimmer, in das sie sogar ihren Siamkater hatte mitnehmen dürfen. Chow schlief neben ihrem Bett in einem Körbchen, wo sie ihn jetzt nervös streichelte.

»Warum bin ich denn hier, Judy?« fragte Linda mit heiserer Stimme. »Warum brauche ich diese verdammte Operation? Owen hat mich so zugerichtet, weil er dachte, ich . . .«

»Linda, ich möchte nur, daß du ihm etwas ausrichtest!« unterbrach Judy sie irritiert. »Wenn ich wüßte, wie er zu erreichen ist, würde ich mich selbst mit ihm in Verbindung setzen.«

Linda bewegte sich vorsichtig in den Kissen und verzog dabei schmerzlich das Gesicht.

»Was . . . was soll ich ihm ausrichten?«

Judy setzte sich auf die Bettkante. »Sag ihm, daß ich bei dir gewesen bin. Sag ihm, daß ich in deiner Wohnung bin und mit ihm reden will. Ich erwarte ihn morgen vormittag.«

Aber Linda schüttelte bereits den Kopf. »Er kommt bestimmt nicht. Er schickt Marty Smith, und du weißt ja, was . . .«

»Marty kann er nicht schicken. Der ist verhaftet. Die Polizei hat ihn wegen Mordverdachts festgenommen.«

Linda konnte nicht lächeln, weil die eine Gesichtshälfte dick verbunden war. Aber ihre Augen leuchteten zufrieden.

»Wann war das?« fragte sie eifrig.

»Linda, ich hab' nicht viel Zeit. Ich muß zum Mittagessen in der Stadt sein. Tust du mir diesen Gefallen – oder nicht?«

»Gut, nehmen wir einmal an, ich würde Tam Owen anrufen«, sagte Linda langsam. »Was soll ich sagen, wenn er fragt, warum du mit ihm reden willst?«

»Sag ihm, daß ich Peters Job will. Die gleiche Wohnung, die gleiche Beteiligung, die gleiche Arbeitsweise.«

»Du willst für Owen arbeiten?« rief Linda empört aus. »Das kann doch nicht dein Ernst sein!«

»Doch, das ist mein Ernst«, versicherte Judy ihr. »Ich habe die Hungerleiderei satt, Linda. Ich weiß, wieviel Peter verdient hat und wie er gearbeitet hat. Ich traue mir zu, sofort seinen Job zu übernehmen.«

»Aber neulich hast du doch behauptet, du hättest geglaubt, Peter sei im Immobiliengeschäft!«

Judy sah auf ihre Uhr und stand auf. »Tut mir leid, aber ich muß jetzt gehen. Rufst du Tam Owen für mich an, Linda?«

»Gut, meinetwegen«, stimmte Linda zögernd zu. »Aber ich glaube, daß du einen großen Fehler machst. Wenn ich dir einen guten Rat geben darf . . .«

»Danke, ich verzichte auf deine Ratschläge!« unterbrach Judy sie. »Ich will nur, daß du ihn anrufst.«

»Ich rufe ihn an, aber er macht bestimmt nicht mit.« Linda schüttelte den Kopf. »Ich kann mir nicht vorstellen, daß er kommt. Da kennst du ihn schlecht.«

»Vielleicht – aber er kennt mich auch nicht«, stellte Judy fest. »Sag ihm, daß ich gut mit Arnold Conway befreundet gewesen bin. Sogar sehr gut . . .«

*

Judy hatte sich noch nie im Leben so einsam gefühlt. Sie war seit einer Stunde in Defoe Mansions. Harry hatte sie nicht bis dorthin begleitet. Er hatte den Verdacht, daß Tam Owen oder einer seiner Leute das Haus beobachten würde.

Damit die Zeit rascher verging, machte sie sich in der Küche eine Tasse Kaffee. Sie rauchte eine Zigarette nach der anderen und hatte bereits vier Zigarettenstummel in Aschenbechern ausgedrückt.

Als sie den ersten Schluck Kaffee trank, klingelte es an der Wohnungstür. Judy merkte, daß ihre Hand mit der Tasse zitterte. Auf der Küchenuhr war es erst zehn vor elf.

Hatte er beschlossen, früher zu kommen? Würden Nat und Harry merken, daß alles zehn Minuten vorverlegt war?

Sie zögerte, weil sie nicht wußte, ob es besser war, alle Besuche vor dem festgesetzten Zeitpunkt zu ignorieren. Aber vielleicht riskierte sie damit, daß das Treffen überhaupt nicht zustandekam. Ihr Herz klopfte heftig, als sie zur Tür ging.

Draußen stand ein Unbekannter, dessen verlegenes Lächeln beruhigend wirkte. Er schien genau so überrascht wie sie selbst.

»Oh!« rief er erstaunt aus. Dann besann er sich auf seine guten Manieren. »Guten Morgen. Kann ich bitte Miss Wade sprechen?«

Judy betrachtete ihn neugierig. Konnte er ...? Nein, er mußte einer von Lindas »Bekannten« sein.

»Tut mir leid, aber sie ist im Augenblick nicht zu Hause.«

»Oh ... oh, das ist aber schade!« Er wollte sich deprimiert abwenden.

»Kann ich ihr etwas ausrichten?« fragte Judy lächelnd. »Ich bin Miss Wades Freundin.«

»Mein Name ist Heaton, Sidney Heaton«, erklärte ihr der kleine Mann. »Ich habe ein Zoogeschäft in St. John's Wood, und Linda ... äh ... Miss Wade ...«

»Ja, natürlich! Linda hat mir schon von Ihnen erzählt. Tut mir leid, Mr. Heaton, aber Linda mußte sich einer Operation unterziehen. Ich glaube, daß sie erst Ende nächster Woche zurückkommt.«

»Das habe ich nicht gewußt. Ich dachte ... Na ja, das ist nicht so wichtig.«

»Kann ich Ihnen wirklich nicht helfen?«

»Nein. Das ist sehr freundlich von Ihnen, aber ... Miss Wade hat davon gesprochen, daß sie eine zweite Siamkatze kaufen wollte, und ich ... Sie hat schon eine, wissen Sie.«

»Ja, ich weiß – Chow.«

Judy hörte den Aufzug nach oben kommen. Die Kabine

passierte den ersten Stock.

»Ganz recht«, fuhr Heaton fort. »Gestern hat mir ein Kunde eine Siamkatze angeboten, die genau zu ...«

»Warum rufen Sie Linda nicht selbst an und reden mit ihr darüber?« schlug Judy vor. Die Zwei über dem Aufzug leuchtete jetzt stetig; wer den Lift benutzt hatte, war also im zweiten Stock ausgestiegen. »Sie liegt in der Privatklinik Maylee Park in St. Albans.«

»Können Sie mir die Telefonnummer geben?« fragte Heaton.

»Leider nicht«, antwortete Judy. »Aber sie steht im Telefonbuch.«

»Vielen Dank. Das ist eine gute Idee. Auf Wiedersehen, Miss ...?«

Sie gab ihm die Hand, ohne jedoch ihren Namen zu nennen, worauf er gehofft zu haben schien.

»Nochmals vielen Dank!« sagte Heaton. »Sie haben mir wirklich sehr geholfen!«

Ein Luftzug wehte durch die Wohnung. Er erfaßte die Tür, als Judy sie zumachen wollte, und warf sie fester als beabsichtigt ins Schloß.

Judy runzelte die Stirn, als sie ins Wohnzimmer zurückkam. Sie sah sofort, daß die Schlafzimmertür jetzt offen war. Dann spürte sie, daß jemand sie von hinten beobachtete, und drehte sich erschrocken um.

Nat Fletcher saß auf einem schmiedeeisernen Hocker vor der Hausbar.

Er nickte ihr beruhigend zu, als er sah, daß sie unwillkürlich aufatmete.

»Wie sind Sie hier reingekommen?« fragte sie wütend, weil er sie so erschreckt hatte.

»Über die gute alte Feuertreppe.« Er zeigte ins Schlafzimmer. »Sie sehen ängstlich aus.«

»Das bin ich auch«, gab Judy zu. »Ich habe richtig Angst.«

»Keine Angst, Ihnen passiert nichts. Wir haben alles unter Kontrolle.«

Judy zündete sich die nächste Zigarette an. Nat sah, daß ihre Hände dabei zitterten. Als sie das Feuerzeug zuschnappen ließ, schlug die Kaminuhr elfmal.

»Der Mann, der eben geklingelt hat«, sagte Judy, »hat behauptet, Sidney Heaton zu heißen. Glauben Sie, daß er ...«

»Keine Angst«, wiederholte Nat. Er zeigte auf das winzige Funksprechgerät in der Brusttasche seiner Jacke. »Wir haben ihn beschattet, seitdem er in die Nähe dieses Hauses gekommen ist. Er ...«

Nat sprach nicht weiter, weil in diesem Augenblick das Telefon läutete. Judy starrte es erschrocken an.

»Ziemlich pünktlich«, stellte Nat fest. »Vergessen Sie ja nicht, was Harry mit Ihnen eingeübt hat. Und reißen Sie sich zusammen!«

Judy holte tief Luft, legte ihre Zigarette weg und griff langsam nach dem Telefonhörer.

»Hallo ... Ja, Mr. Owen. Hier ist Judy Black ... Wollen Sie nicht lieber heraufkommen?«

Fletcher nickte anerkennend. Ihr Tonfall war genau richtig. Die Nervosität schien sich gelegt zu haben.

»Warum sollte ich Sie in eine Falle locken wollen? Ich will nur Geld. Natürlich als Bezahlung für Beweismaterial. Für Material, das Sie lange hinter Gitter bringen könnte, Mr. Owen.«

Während sie zuhörte, spürte sie wieder einen Luftzug. Als sie sich umdrehte, sah sie Harry auf Zehenspitzen aus dem großen Schlafzimmer kommen.

»Vergessen Sie nicht, daß ich Arnold Conway gut gekannt habe – viel besser, als Sie ahnen. Erinnern Sie sich noch daran, wie Sie ihn den Pudel Zero haben entführen lassen? In dem Hundehalsband war etwas sehr Belastendes versteckt. Deshalb hat Arnold ein anderes Halsband an Peter weitergegeben, das er Mrs. Rogers zeigen sollte. Aber das wissen Sie alles, nicht wahr?«

Sie warf Harry einen flehenden Blick zu, aber er lächelte beruhigend.

»Das wissen Sie recht gut, weil Arnold Conway beschlossen hatte, Mrs. Rogers' Erpressungsversuch fortzusetzen, nicht wahr? Er hat fünfzigtausend Pfund von Ihnen verlangt, aber Sie haben . . .«

Harry hörte eine Männerstimme antworten, aber er verstand nicht, was der Anrufer sagte. Er trat näher an Judy heran.

»Gut, wie Sie wollen«, antwortete Judy energisch. »Aber Arnold war nicht so naiv, wie Sie anscheinend glauben . . . Er hat damit gerechnet, daß Sie versuchen würden, ihn zum Schweigen zu bringen. Deshalb hat er das Belastungsmaterial vorsichtshalber bei mir deponiert.«

Sie wartete gespannt auf die Antwort.

»Wieviel ich dafür haben will?« Judy lachte höhnisch. »Hören Sie, ich bin nicht so geldgierig wie Arnold. Sagen wir zwanzigtausend in bar. Ja, zwanzigtausend Pfund.«

Der Anrufer antwortete nicht gleich. Dann schien er Judy einen Vorschlag zu machen, denn sie sah sich erschrocken nach Harry um.

»Aber woher weiß ich denn, daß ich Ihnen trauen kann, Mr. Owen?«

Harry gab ihr ein Zeichen, die Sprechmuschel zuzuhalten, und flüsterte ihr ins Ohr: »Bieten Sie ihm einen Teil für tausend Pfund an. Der Rest folgt später.«

Judy nickte. Sie war blaß geworden. »Nein, Mr. Owen,

das ist mir zu riskant. Ich bringe Ihnen einen Teil des Materials. Dafür geben Sie mir tausend Pfund. Über den Rest können wir dann reden. Einverstanden?«

Sie hörte gespannt zu.

»Ja? . . . Ja, das hab' ich. Cannon Street . . . Auf Wiedersehen, Mr. Owen.«

Sie ließ den Hörer sinken und blieb an den Tisch gelehnt stehen. Die beiden Männer gönnten ihr eine kurze Pause.

»Na?« erkundigte Fletcher sich dann.

»Ich soll mit der U-Bahn nach Charing Cross fahren. Er muß das Geld dort in der Nähe von seiner Bank holen.«

»Und was sollen Sie dort tun?«

»Ich soll am Ausgang Embankment warten, bis jemand mich anspricht.«

*

Um diese Tageszeit war der U-Bahnhof St. John's Wood keineswegs überfüllt. Judy war jetzt wieder auf sich allein angewiesen, obwohl sie wußte, daß Nat, Harry und fünf oder sechs weitere Kriminalbeamte irgendwo in der Nähe waren. Sie wagte nicht, sich nach etwaigen Verfolgern umzusehen. Harry hatte ihr warnend erklärt, daß sie unter Umständen auf dem ganzen Weg von Defoe Mansions bis Charing Cross beschattet werde. Sie mußte sich unbedingt so benehmen, als sei sie allein zu dem Treffen unterwegs.

Die wenigen Fahrgäste hatten sich auf dem Bahnsteig verteilt, um geduldig auf den Zug zu warten. Judy tröstete sich mit dem Bewußtsein, von vielen normalen, gesetzestreuen Bürgern umgeben zu sein. Ihr Selbsterhaltungstrieb bewog sie dazu, sich dort aufzuhalten, wo die meisten Leute standen.

Sie starrte auf das Plakat an der Tunnelwand. Es zeigte zwei Mädchen, die sich über ihre wunderbaren neuen Jobs unterhielten. Judy spürte, daß sie beobachtet wurde, und konnte der Versuchung sich umzudrehen, nicht länger widerstehen.

Ein junger Mann starrte sie bewundernd an. Sie wandte sich rasch wieder ab, um sich nicht anmerken zu lassen, daß sie es genoß, von Männern bewundert zu werden. Seinem Lächeln nach war er weder ein Kriminalbeamter noch einer von Owens Leuten. Er würde ihr bestimmt zur Hilfe kommen, falls sie ihn darum bat.

Aus dem schwarzen Tunnel kam das Dröhnen eines einfahrenden Zuges. Der Wind, den seine Druckwelle erzeugte, ließ Judys Haar nach vorn wehen, so daß sie es sich aus dem Gesicht streichen mußte. Dann tauchte der erste Wagen aus dem dunklen Loch auf, und der Zug wurde langsamer. Als Judy sich nach ihm umdrehte, suchte sie unauffällig den Bahnsteig ab, ohne Nat oder Harry zu entdekken.

Der Zug war halbleer, deshalb brauchte sie sich nicht zu beeilen, um einen Sitzplatz zu bekommen. Judy stieg durch die hintere Tür eines Wagens ein und fand gleich einen Platz. Zu ihrer Erleichterung sah sie, daß Nat Fletcher vorn eingestiegen war. Er war in seine Zeitung vertieft und achtete gar nicht auf Judy. Ein rascher Blick zeigte ihr, daß keiner der übrigen zehn bis zwölf Fahrgäste Tam Owen sein konnte. Der junge Mann hatte sich für einen Platz entschieden, von dem aus er Judys Beine bewundern konnte.

Draußen hasteten einige Nachzügler heran. Ein mittelgroßer Mann in einem grauen Anzug und mit Schirm und Melone betrat den Wagen ohne Eile.

Er blieb vor Judy stehen. Als sie aufsah, lächelte er und zeigte auf den leeren Sitz neben ihr.

»Darf ich, Miss Black?«

Sie nickte schweigend. Jetzt mußte sie die Nerven behalten. Harry hatte also doch richtig vermutet.

Er setzte sich neben sie. Die Türen waren noch immer offen, und der Zug summte vor sich hin. Der U-Bahnfahrer wartete auf das Abfahrtssignal.

»Ich dachte, Sie hätten gesagt, ich sollte vor dem . . . «, begann Judy halblaut.

»Der Plan hat sich etwas geändert«, unterbrach er sie liebenswürdig lächelnd. Er klopfte auf seinen Aktenkoffer. »Keine Angst, ich habe das Geld mitgebracht.« Eine bedeutungsvolle Pause. »Ich bezweifle allerdings, daß ich es brauchen werde.«

»Und warum, Mr. Owen?«

»Rogers, wenn ich bitten darf.« Er verzog das Gesicht. »Bei solchen Anlässen ist mir mein . . . Pseudonym lieber. Hubert Rogers.«

Das Summen des Zuges wurde schneller, als stehe die Abfahrt unmittelbar bevor. Rogers horchte nach draußen.

»Warum werden Sie das Geld nicht brauchen?« Judy wußte, daß ihre Stimme zitterte. Sie versuchte sich einzureden, sie habe nichts zu befürchten.

Hubert lächelte noch immer freundlich. »Weil ich glaube, daß Sie nur bluffen, meine Liebe.«

Judy wollte etwas sagen, aber sie brachte kein Wort heraus, als sie sah, wie Huberts Gesichtsausdruck sich verändert hatte. Auch seine Stimme klang jetzt ganz anders.

»Bilden Sie sich etwa ein, diese Situation wäre mir unbekannt?« fragte er ruhig. »Glauben Sie, daß ich das zum erstenmal erlebe?«

»Welche . . . welche Situation meinen Sie?« Seine Stimme hypnotisierte sie fast; sie konnte nicht einmal hilfesuchend zu Nat hinübersehen.

»Ein Mädchen hört etwas oder bekommt zufällig etwas heraus. Etwas über mich.« Hubert sprach so leise, daß sie sich anstrengen mußte, um ihn zu verstehen. »Sie kommt sich wichtig vor. Dieses Wissen gibt ihr ein falsches Machtbewußtsein. Sie beschließt, es . . .«

»Vorsicht, die Türen werden geschlossen!«

Hubert sprach nicht weiter, als dieser vertraute Ruf ertönte. Die Warnung war überflüssig. Der Bahnsteig war menschenleer. Die neuen Fahrgäste waren längst eingestiegen, und die wenigen Leute, die in St. John's Wood den Zug verlassen hatten, waren nach oben gefahren. Judy riskierte einen Blick zu Nat Fletcher hinüber.

Plötzlich umklammerte eine Hand ihr Handgelenk. Rogers war aufgestanden. Er trat rasch an die Schiebetür und hielt sie mit dem Fuß auf, um zu verhindern, daß sie sich wie alle übrigen schloß.

»Kommen Sie, Judy!« forderte er sie auf. »Wir fahren nicht mit.«

Er schob sie vor sich her auf den Bahnsteig hinaus. Die Tür schloß sich hinter ihnen. Im gleichen Augenblick fuhr der Zug an.

Judy sah noch, wie Nat Fletcher sich vergeblich bemühte, seine Tür zu öffnen. Er blieb in dem Wagen gefangen. Der Zug verschwand mit ihm in dem dunklen Tunnel.

»Ein Freund von Ihnen, Miss Black?« fragte Hubert ironisch. »Wie viele waren wohl noch im Zug?«

Er drehte Judy den Arm auf den Rücken und riß ihn hoch. Sie stieß einen lauten Schmerzensschrei aus. Rogers hielt sie an dem Arm gepackt, der ausgerenkt gewesen war. Als er sie vor sich her zum Ausgang schob, war der Zug bereits halb im Tunnel verschwunden.

Harry hatte am hintersten Ende des Bahnsteigs auf den Zug gewartet. Nachdem er beobachtet hatte, wie Nat in den gleichen Wagen wie Judy gestiegen war, hatte er sich an den Zugbegleiter gewandt, der die Türen bediente und die Stationen ansagte. Der Mann hatte ihm bereitwillig die Tür seines Abteils geöffnet.

Hubert Rogers' Trick hatte ihn völlig überrascht. Als die automatischen Türen sich schlossen, hatte Harry geglaubt, Rogers sei vorläufig im gleichen Wagen wie Nat gefangen.

Als der Zug anfuhr, sah er zu seinem Entsetzen das Paar auf dem Bahnsteig und erkannte, daß der Mann die junge Frau festhielt. Er drängte sich an dem Zugbegleiter vorbei, der an der halboffenen Tür stand.

»Halt!« rief der andere erschrocken. »Sie . . .«

Der Zug beschleunigte noch, als Harry absprang. Er konnte sich unmöglich auf den Beinen halten, sondern rollte sich über die Schulter ab, wie es Jockeys und Fallschirmspringer tun. Harry rutschte über den Bahnsteig und blieb an der Querwand liegen.

Er war schmutzig und hatte blaue Flecken, aber er war bei Bewußtsein. Hubert und Judy waren verschwunden.

Harry raffte sich auf und lief den Bahnsteig entlang. In dieser kurzen Zeit konnten sie nur den mittleren Ausgang erreicht haben. Er rannte um die Ecke. Die Rolltreppe vor ihm war leer. Er hastete sie hinauf, lief oben zur nächsten und sah die beiden vor sich nach oben fahren.

Rogers hörte den Verfolger hinter sich und sah sich um. Als er Harry erkannte, griff er unter seine Jacke und zog seine Pistole. Aber er zielte nicht auf Harry. Statt dessen drückte er Judy die Mündung in die Rippen. Diese Drohung war unmißverständlich.

»Zurückbleiben, Dawson! Weit zurück! Kommen Sie mir nicht zu nahe, sonst ist sie erledigt.«

Er ließ Harry nicht mehr aus den Augen. Dabei verkrampfte sich anscheinend sein Griff, denn Judy stöhnte mit schmerzverzerrtem Gesicht auf.

Seltsamerweise stürzte diese unnötige kleine Grausamkeit Hubert ins Verderben. Judy war vor Schmerzen zu einer Verzweiflungstat entschlossen, und der Anblick ihres schmerzverzerrten Gesichts brachte Harry dazu, alles zu riskieren.

Oben an der Rolltreppe sah Rogers sich kurz um, ob sie von niemand beobachtet wurden. Im gleichen Augenblick trat Judy ihn mit dem Absatz auf den Rist. Hubert reagierte ganz instinktiv: Er hob seine Pistole, um Judy den Griff ins Gesicht zu schlagen.

Harry erfaßte diese Chance und warf sich auf den Mann. Tatsächlich gelang es ihm im ersten Anlauf, Judy und Hubert voneinander zu trennen. Hubert ließ Judys Arm los, aber als die beiden Männer zu Boden gingen, hatte Hubert die Pistole noch immer fest in der Hand. Und er befand sich Harry gegenüber im Vorteil, weil er auf ihn gefallen war.

Rogers versuchte, den Pistolenlauf nach unten zu drükken, als ihn eine Furie von hinten anfiel. Judy stürzte sich auf ihn und hielt seinen Arm mit beiden Händen fest, damit er nicht auf Harry zielen konnte. Dann senkte sie den Kopf und biß ihn in die rechte Hand, in der er die Pistole hielt.

Hubert Rogers schrie auf und versuchte, Judy abzuschütteln. Die Pistole fiel ihm aus der kraftlos gewordenen Hand. Judy hob sie auf und bedrohte ihn damit. Hubert brauchte sie nur anzusehen, um zu wissen, daß sie in diesem Augenblick imstande war, das ganze Magazin leerzuschießen und ihn voll Blei zu pumpen. Er hielt sich seine blutende rechte Hand mit der linken und blieb am Boden.

»Nein!« sagte er laut. »Nein, nicht schießen!«

Er wußte, was Judy durch den Kopf ging: Nicht nur die ihr zugefügten Schmerzen, sondern auch Linda Wades entstelltes Gesicht, der eiskalte Mord an Peter Newton und die Ermordung von Tom Dawson und Arnold Conway.

»Um Himmels willen, Dawson«, rief er, als Harry auf die Beine kam. »Nehmen Sie ihr die Waffe ab!«

Harry trat neben Judy.

»Geben Sie mir die Pistole, Judy. Keine Angst, ich lasse ihn nicht mehr entkommen. Ich erschieße ihn, sobald er versucht aufzustehen.«

*

Zwanzig Minuten später standen Judy und Harry auf dem Gehsteig vor dem U-Bahnhof St. John's Wood. Sie beobachteten schweigend, wie Hubert Rogers, der jetzt an einen uniformierten Konstabler gefesselt war, an den Neugierigen vorbei zu einem Streifenwagen geführt wurde. Das Fahrzeug setzte sich mit eingeschaltetem Blinklicht in Bewegung und war bald im Mittagsverkehr verschwunden.

Die Straße war nach einem Regenschauer naß, aber inzwischen schien wieder die Sonne. Alles wirkte frisch gewaschen und leuchtend.

Harry wandte sich an Judy, die ihren verletzten Arm zwischen zwei Knöpfe ihres Mantels geschoben hatte.

»Danke, Judy. Ohne Ihre Hilfe hätten wir ...« Er machte eine Pause. Es war schwer, die richtigen Worte zu finden. »Was haben Sie jetzt vor?«

»Als erstes möchte ich einen Kaffee trinken«, sagte Judy. »Am liebsten mit einem Schuß Whisky.«

»Keine schlechte Idee. Aber ich meine ... danach?«

Sie zuckte mit den Schultern und starrte die Straße entlang, ohne wirklich wahrzunehmen, was sie sah.

»Das weiß ich selbst noch nicht. Ich habe ein Angebot aus Manchester, aber ich weiß nicht, ob ich es annehmen soll. Vielleicht mache ich erst einmal eine Woche Urlaub. Ich habe einen Erholungsurlaub verdient, finde ich.«

»Eine gute Idee! Warum fahren Sie nicht ins Hotel The Priory in Steeple Aston? Es ist sehr hübsch und ruhig, und ich bin mit den Besitzern befreundet, wie Sie wissen.«

»Ja, das könnte ich eigentlich tun.« Judy lächelte, als sie

zu ihm hinübersah. »Steeple Aston. Das heißt wohl, daß ich vom Bahnhof Paddington aus mit dem Zug fahren muß.«

»Nein«, antwortete Harry scheinbar ernsthaft. »Bestimmt nicht Paddington.«

»Dann eben Euston?«

»Nein.«

»King's Cross?«

Harry schüttelte den Kopf, und sie lachten beide. Er nahm ihren Arm, den heilen Arm, und führte sie ins Café schräg gegenüber.

»Sie brauchen überhaupt nicht mit dem Zug zu fahren. Kommen Sie, wir trinken einen Kaffee, und ich erzähle Ihnen dabei, wie sich dieses Problem lösen läßt.«